黄永玉

作品

吳甚世 論壇土

辛丑中秋
再飯抻刊电
於太陽埇
又晴又雨
之時

黄

永

玉

著

绘

吴世茫论坛

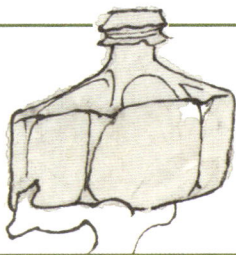

作家出版社

说几句话　　黄永玉

这本一九八出版的玩笑书又爱出版
了，时隔二十三年，好多尊敬的朋友和长辈
都不在了。有一年去、宝山参加绀弩公的追
悼会，遇见夏衍公，他问我笑世范是谁？差
三差四，怎么看到郁风小丫头抓着两根辫子去
学堂踩着滑轮鞋往教室天人重素描？在
麽我会不认识，也未曾听说过。郁风菌子过来
了，指着我鼻子，"他就是无事忙！"
多少年过去了，我那时才七十五岁，多年
青多辉煌的岁月！
这些文章当时都发表在"新观察"杂志上。
这本书再版不怎样忘记了那无数尊敬的朋友！
二〇二一年九月二十七日于北京太阳城

说几句话

黄永玉

　　这本一九九八出版的玩笑书又要出版了，时隔二十三年，好多尊敬的朋友和长辈都不在了。有一年在八宝山参加绀弩公的追悼会，遇见夏衍公，他问我吴世茫是谁？老三老四，怎么会看到郁风小丫头梳着两根辫子在学堂踩着滑轮鞋往每间教室看人画素描？怎么我会不认识？也未曾听说过？郁风苗子过来了，指着我鼻子："他就是无事忙！"

　　多少年过去了，我那时才七十五岁，多年青多辉煌的年月！

　　这些文章当时都发表在《新观察》杂志上。这本书再版了，怎样忘得了那无数尊敬的朋友？

　　　　二○二一年九月二十七日于北京太阳城

目录

看字识图

华君武

　　至友吴世茫老汉名著《吴世茫论坛》将出版，今夏嘱我作封面，但论文内容浩瀚、立论噜苏（此老人倚老卖老之表现）但又精辟，不易概括表现，一拖再拖，光阴如喷气，已届冬季，吴老汉已一忍再忍，某日电话中口气咆哮说："你到底画不画？"此相交数十年从未听见的威胁！毛骨悚然，乃作吴老汉生活图九幅。是真忙抑无事忙？读者可以公断。

1 《狩猎图》 老汉青年时代喜行猎以劳其筋骨；二是中外古今达官贵人均有此优良习俗，既有中华传统，又有洋人派头；三是当时条件困难，可以改善营养，野兔麻雀，在所不计。

2 《牛棚图》 "文革"兴起，大家进了"牛棚"，但吴老略施小计谎称患有肝炎。造反派虽不怕死，但怕肝炎，予以优待，老汉居一单间小屋、读红宝书、写交代文，人不在则以手工制作烟斗为乐，人来则作背语录状。烟斗制作可与三B❶媲美，余尚珍藏以鹿角、猪拐制成洋烟斗一只，上镶有世茫夫人之钻石一粒。吴老诚名工巧匠也。

❶ 英国一家名牌烟斗。（编者注）

3 《功夫图》 吴善武功，观图即知其功夫，惜年老尚要逞强，数年前当众表现，用气不当，颈上隆起一包，数日不散，中西医束手。数日后气散而消，从此中华绝技即失传矣！

4 《陶工图》 老吴幼年颠沛流离，早成工人阶级，但究系小徒弟，亦不以此标榜领导一切，足见老汉虚怀若谷，近年以设计酒瓶为副业，有仿茅式、有麻袋式，有时亦自称老陶工云云。

5 《驯养图》 吴某一方捕食野味，但对禽鸟、动物亦颇友善，寓中驯养刺猬、松鼠、小猴、喜鹊、画眉、相思、鹦鹉、珍珠、南美小龟，均轮流坐庄，作座上客或阶下囚。吴寓在xx胡同时，一喜鹊志愿作门卫，凡客至必用嘴啄，故小偷小摸不敢擅入。

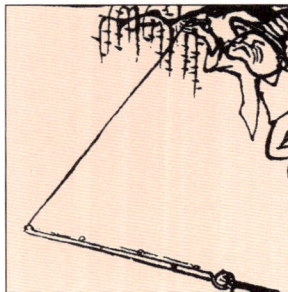

6 《垂钓图》 老汉无所不能，但钓道稍差。某日友人赠以高级钓具，老汉率摄影记者作太公垂钓状于京华玉渊潭后湖，不料鱼钩甩到树梢头，乃兴尽而归。

7 《熏鸟图》世茫老兄喜养鸟，鸟市诸老贩均亲如兄弟。吴养鸟有两法，一曰粗放法，即购鸡饲料一大袋、平均分配、每鸟一大把；一曰烟熏法，吴本人英美板烟、吕宋雪茄，无所不吸，从早到晚，从里到外，烟气迷漫。鸟进吴宅随养随熏、随熏随死、随死随买、随买又随熏，如此周而复始，循环不已，保持室内生态平衡。一般飞鸟，烟熏即死，而吴宅鸟可长寿数月，亦奇迹也。

8 《弃妻图》吴世茫人老心开通，老年尚购得日本本田电驴子一辆，风驰电掣于大街。某次违法，其妻亦跟着下车，旁听吴老受训，但吴老装着态度甚好，低头认错，警察深受感动，当街"释放"。吴亦急上车驰去。遗其夫人于岗亭边，行十余里后始发觉，此亦老年痴呆症之前兆。

9 《爱犬图》 吴老先生爱狗如命，"文革"初期大字报揭发吴世茫穿拖鞋牵洋狗上堂讲课，虽系造谣，但与狗之关系可见一斑。近年养狗更多，狗有洋名，亦有中文之爱称，为保密起见，暂不公布。

吴世茫有中国名种沙皮狗，状甚凶猛，但经吴老教育后十分温顺。某夜吴老欲擒小偷，而沙皮狗不敢向前，怕回家挨揍。

吴世茫寓中外来客甚多，群狗争上欢迎，有亲男、女来客手脚的，有猛地一抖的，某国际友人对我说："有狗味儿"，可见洋人也有怕狗的。

吴世茫原则性强，爱食狗肉，常以大砂锅煮白水狗肉馈客，并不因爱狗而生恻隐之心，但桌旁诸狗表情甚为丰富。

九图不能概括世茫老前辈之丰富生活，因是封面，只好从简。

一九八八年岁暮于北京

"大师"论

昨日我老汉独坐家中养神，遍看书报杂志并以电视、广播佐之，真正得个其乐无穷的福气。

不料至十一点十五分的时候，同街坊俗名叫"王二棒槌"的抱了个三岁小娃娃进屋来，甫放下地就连声关照小娃娃喊："吴世茫爷爷！吴世茫爷爷！"那三岁小娃娃也就一字不差地连喊三声："吴世茫爷爷！""王二棒槌"转过身来冲着老汉我介绍说："这是儿童画大师曾藻叶，多次诺贝嘴、龚果嘴奖金获得者。半岁的时候能朗读人民日报社论；一岁参加杂技团出国表演走钢丝，在钢丝上为人画速写像，不取分文。两岁半时，跟'四人帮'王、张、江、姚进行了你死我活的斗争。昨天刚满三岁。马上要出国开画展，还要把画展全部收入捐献给宇宙黑洞研究中心百层大厦做建筑经费……"

老汉我听到此处，连忙给自己把了一下脉，看看眼前这些事是否都是幻影？又连忙过去给"王二棒槌"把了一下脉，看看他是不是走火入魔，哪条线路上出了毛病。结果，一切正常。

记得侯宝林老弟三十多年前有过一段相声，说到一些看白戏的国民党伤兵捎带了个五六岁的小娃儿进园子，动不动也跟着叫嚷"老子抗战八年！"的话。听到"王二棒槌"的介绍，这位三岁大师的勋业和功力，横向直向都不免令人浮想联翩，十分过瘾。

近来极极个别的报纸、杂志、电视、广播介绍，被称做"大师"的越来越多。要不是老汉我昨天亲眼见到经"王二棒槌"带来的曾藻叶三岁大师肉身真迹，老汉我几几乎差一点怀疑起我们的舆论的不可靠性来了。会怀疑他们的水平，他们的个人交情，他们的嗜好……瞎吹瞎捧，不要本钱，不惜口水……

现在老汉我明明白白地承认错误。是老汉我自己的不是。是老汉我井底观天的狭隘眼光缺乏宏观的视野的局限，是老汉我对某些极极个别的公正、如实并充满豪情的报道、介绍的不忠、不信任。不单老汉我要改正错误的偏见，向那些爱说什么就说什么、爱捧什么就捧什么的报道学习，并且还希望大多数不是这样文风的报道、介绍文章的作者也向他们学习。

咱们国家那么大，多出几个、几十个、几百个、几千几万个，甚至全国人民都是"大师"，有什么不好？让我们高呼口号："谁反对大师就打倒谁！"

大师这种名分自古相传，古时候社会落后，大师就出得少，这不奇怪：

"凡乐之歌，必使瞽蒙为焉，命其贤知者以为大师、小

師 論

师。"（《周礼·注》）

"能善教声问弟子一切应作不应作事，故名大师；又能化导无量众生，令其离苦寂灭，故名大师。"（《瑜伽师地论》）

意思是明白的，古时候的大师跟现在的大师不是质量而仅只是数量上的差距了。

老汉我在街上、报纸上、广播电视上发现有两种生意最热火，套一句老话，简直如雨后春笋之繁荣，一是"大师"日日更新；二是"中心"天天成立。"中心"按下不表。

老汉我一路看一路听，记在本子上的有："烧饼大师""烙饼大师""痔瘘大师""国画大师""广告大师""豆汁大师""时装大师""工艺美术大师""补鞋大师""国学大师""拔牙大师，保证不疼，每颗一元""拉面大师""微刻大师""踢毽大师，每星期日上午九点准时在此露脸"……其中以国画大师最多，年龄幅度最大，从三岁到九十多岁，一派衍绵，可真算得上是繁荣景象矣！

做了"大师"有什么好处？老汉我虽不知道其中之具体，只是想起了"大师"那一番声势，就不能不让老汉我流下口水。所以老汉我振奋之余，写出如下之新闻稿件，准备交给吃过舍下五次饺子、他姐夫在某报传达室当班、外号叫"假茅台"的齐顺子。文稿如下：

"老汉我吴世茫，当今第一多功能大师，乃一千代老祖宗夫差王之正式纯种血统正传，又得六百代祖宗吴道子秘诀启悟，复经本家大师吴佩孚亲自传授军略，近年更与物理学本家吴健雄交流学问，本领日新月异，雄强不堪。且道德品质，施舍乐捐，无所不为，早为世人红眼。近日忽得灵感，穷三日之力，昼夜奋战，翻书抄画，涂抹纵横，完成现代新潮画作五十幅，准备选择黄道吉日于中国之最权威画馆对众人作指导性展览。届时有名人剪彩，作品座谈，光线充足，酒食精美，欢迎选购，所有收入悉数捐赠吴世茫思想研究中心，联系人吴世茫夫人，信箱号码面议。"

论服务态度

前些日子，陈香梅女士给报纸写了一封信批评友谊商店的服务态度，很掀起了一阵波澜，为的是陈香梅女士是位"猛人"，一句话顶别人九千九百九十九句，看热闹的人也很高兴痛快。老汉我就是这一号幸灾乐祸的人，哪处热闹就往哪处上，怕失掉一次"美的享受"的机会。陈香梅女士好像替老汉我报了一次不大不小的仇，陈香梅女士是外国籍，说出的话惹了麻烦也不怕，服务人员千千万万，谁态度不好谁碰上她就倒霉，灵验得很。

反过来一想，要是有这么一万位陈香梅女士来担任"服务态度检查员"的职务行不行呢？嗯！怕也不行。因为这有个"进口"的和"国产"的区别。咱们"进口"不了那么多的陈香梅女士。

所以麻烦就在这里。一位陈香梅女士的一次偶然高兴逛到友谊商店而一位运气不好的服务员偶然碰上了她。一次"或然律"的具体反应就很难解决得了我们生意场中的普遍"较劲"的问题。

做生意买卖双方"较劲"，古已有之，不算稀奇。鲁提辖三拳打死镇关西，从态度看来，是买主欠理，多少斤肥肉多少斤瘦肉人家都照办了；切成细细的肉粒子人家也照办了；把肥瘦的粒子混在一起人家也照办了；还要人家把一二十斤肥瘦混在一起的肉粒子又挑选开来，这就未免太使人难堪，所以问题还出在背后的根源上。看官们还是觉得三拳打死镇关西十分痛快得当。

戏文里还有个"黄一刀"，此公横行霸道透顶，直到有一天碰到位比他更强的"猛人"时，吓得他逃跑时不能不用双手搬着大腿一步一步往前移，这也使得看官们觉得十分痛快。

这说的都是买主公正强大而卖主平日横蛮过甚而得到报应的故事，戏里头见得很多，使看戏的老百姓得了一种非现实性的满足。

老汉我也常常幻想有几位微服私访的"高干"上一些态度不好的商店里去碰一碰钉子，让他们也受一些奚落和冷遇。盼望有朝一日能通过这种活动，把态度不好的毛病扳过来。

事后一想，扳不扳得过来呢？扳不过来。

扳不过来怪谁呢？

看官你说怪谁呢？

前些天读报，见到三个流氓打一个女售货员的新闻；又见到另外三个流氓在公共汽车上打售票员的新闻；又见到三个流氓打另外三个流氓的新闻……（怎么都是三个三个的？）

老汉我之贱内发话了：

"……您成天向我汇报服务员态度不好的消息，这几天怎么不见您出声了？这几天您向着买主、卖主哪一头哪？您哪一头痛快呢？……"

度態務服論

老太婆的话不多，但是恶毒，幸灾乐祸。

今天买了一本说吃的月刊，里头讲的都是吃喝的学问和手艺，这十分对老汉我之胃口。什么炖豆腐要先用开水"收一收"，炒菜要"热锅凉油"的诸般学问。从此之后，老汉我要自力更生，决心从"买手"进化发展成为名符其实之高级"炒手"。其中一篇大文提到北京饭店的特级厨师黄子云的事迹，使老汉我对服务态度的问题，产生了特级之震动和糊涂。

黄子云特级厨师是四川人，是北京饭店四川菜的台柱，手下的许多徒弟也都是顶顶尖的一级厨师了。

文章里介绍这位特级厨师非凡之手艺如何如何高妙之外，还介绍了他的特级脾气。

黄子云的特级脾气之坏，做他徒弟的是无有不领教的。

可惜老汉我别说有福气到北京饭店的中餐厅之大厨房中去欣赏黄子云发特级脾气，就算是鼓足了胆子跨进北京饭店门槛一步的念头也是从未曾有过。老汉我只是从这一篇文章中远远地"浪漫主义和现实主义结合"了一下——

黄子云在大厨房中像一位乐队指挥家那样站在许多大徒弟的背后。徒弟们各人守着各人一口炒锅，火焰翻腾，热烈非凡的当口，他只是这么亮着眼睛注视，徒弟先后炒好的菜都要送到他面前过目。或是他走近某一个徒弟背后盯住翻腾的手势。要命的是他猛然地大声一喝，抓住某一盘菜，金刚怒目，用筷子夹一点放进嘴里，反手掀掉了盘中刚炒好的菜肴，大骂起来：

"不行！重炒！"

接着道出了一些具体的毛病，又注视另一个锅位的徒弟去了。

黄子云这个几十岁的老头子脾气可真不小，态度照理说来当然不好。幸好这种天天发生的特级脾气只发生在只有少数人看得见的地方。

事情之怪是违反常情的。这种坏脾气在北京饭店上上下下受到一致的爱戴尊敬。这样坏的脾气居然还被选为全国人大代表。

老汉我对于服务态度的问题因此就越来越不明白起来。不过也下了决心，反正老汉我不是君子，见阎王之前，无论如何也要做一套西装，乔装打扮，混进北京饭店中餐厅，进一次黄子云的庖厨，"变革"一下他高明的手艺。

一天零一夜

　　且说前些日子天气炎热，老汉我与家藏陈年老妻各端一小板凳，中置小饭桌一张，从天亮起，坐于两百年快成精之老槐树下乘凉避暑。早上喝小米粥加薄脆，馒头夹油条；中午烙饼大葱蘸甜面酱外带打卤面；夜晚白酒二两，卤牛肉凉拌粉皮加芥末，羊杂碎炒芹菜，白米饭。

　　五十米远远看来好像老汉我日子不错，实际上是度日如年。老汉我吞下她的"肉衣炮弹"，动弹不得，只好听她使唤，做一名死心塌地的"绝对听众"。

　　老汉我一年三百六十五天乘若干若干年以来，时时刻刻与此婆进行"三同"，听她骂人、吹牛已成习惯，"活学活用"到了疯狂程度，万万没想到，几十年来睡在老汉我身边的原来竟是个马可·波罗旅游大师。

　　说到底，使老汉我吃尽了苦头，听了她一天一夜的"开发型"旅游学术报告的罪魁祸首还是老汉我自己。

　　有这么一天，老汉我一个人逛了一趟颐和园。进门之后远远传来一阵京剧锣鼓声，且又听人说"大戏台那边开锣了！"

说到大戏台，当年的谭叫天、杨小楼诸位老板上那儿是唱给老佛爷她老人家听的。没想到打垮"四人帮"之后，"把劳动人民的智慧结晶和成果还给劳动人民！"归还得这么彻底。在戏台上真的做起戏来了。不单如此——

当老汉我走近大戏台围墙边上近大门所在时，远远看到来回逡巡的竟是穿戴非常齐整的清朝后宫男仕。

锣鼓喧天，二黄原板过后，听得出是"盛"字辈高亢的唱腔，老汉我入门三步急忙地朝门里就走，不料给后宫男仕挡住了。

"去买票！老头！"

买票？是呀！难道有看白戏的？老汉我敲自己脑门三记，连忙赶到售票处。

得了一块仿铜的塑料牌作纪念，花掉足足使老汉我心跳出口来的那么多钱。（没钱的人气量窄，容易心痛，有什么办法？）

跨进门一看，唉呀呀！原来锣鼓声是录音机闹的，戏台上静悄悄地坐立着几位穿着戏装的假人。

老汉我天生爱笑，精神上给自己老脸皮上刮了两记耳光，心里暗暗地可怜起自己来：

"老小子，几十年江湖上您怎么混的？"

大殿上听说陈列有古董玩器和龙袍，并有宫女穿插讲解……我顾不得这些"美的享受"了。老汉我想小便，只往外奔。回得家来，就一五一十地向老太婆汇了报，让她给我一点精神上的支持和鼓励，让她说：

"老爷子，没事，明天咱们再去一趟，凭老娘几番话，看我不把那笔款子给要回来！"

然后老汉我就会说：

"算了！算了！蚀财消灾嘛！到年底给孙子们的压岁钱，各人扣一块钱不就得了嘛！"

以下是我们家老婆子一字不漏的原话精神，诸位客官瞧这老婆子"新"到什么程度：

——咦？听口气您想让我帮您一把呀！老实告诉你，要是我，我还嫌要少了您啦！

——你懂得什么叫旅游？钱要少了那叫回娘家门，串亲戚。旅游就是"四两拨千斤"，就是"钓蛐蟮，钓龙王"，你自己迎上去怪谁？

——听着！这个旅游嘛，要依着老娘意思，赚的钱怕不给它翻百番。

——第一要突出一个"新"字，抓住一个"狠"字，认准外国人和华侨包括你这样的老头，都是些爱面子货，当着众人面前，硬着头皮千儿八百也得掏出来。吃了亏，上了当，真正像陈香梅女士提意见的一年闹不出几个。旅游发达，大家分摊起来，说不定还轮不到咱们头上半个咧！有什么意见尽管提嘛！没什么好怕的。

——眼下咱们的玩意儿太旧，亮出的活儿别人就看不上眼。依老娘建议，首先就是要整顿故宫。

——先把那些破瓶破碗统统给我扔了。让江西景德镇原样烧些好的来补上。

——拆掉所有木头建筑改为洋灰钢筋建筑。加高加大，安空调、霓虹灯，当

一元零一夜

天参观，晚上搞"跌死可"。拆下的木头给大伙做大立柜，双人沙发床。

——买几百把钢刷子，三千张砂皮纸，把故宫陈列的所有铜钟、铜鼎、铜鸟、铜兽，凡是带锈的都给我打磨干净，直到照见人影为止，懒人罚，勤人奖，不能含糊。

——发个通知到各省各县各村镇，每人认捐十元修建新的万里长城，旧的残缺不全，先行拆掉。长城正砖每块外汇券一千元，外宾要多少卖多少，充分满足供应。新长城用泡沫塑料砖建筑，明摆着得到多、好、快、省，事半功倍的好处。

——组织"万里长城演出中心"，老娘任董事长，在整整一万里长城上摆开阵式，演唱"孟姜女哭长城""孟姜女笑长城""孟姜女跳长城""孟姜女赞长城""孟姜女骂长城"各种不同型号的故事。

——发售孟姜女服、万喜良服及以孟姜女、万喜良命名之各种饭盒、方便面及饮料。

——招收男女年轻标致学员一万名，以供扮演万喜良、孟姜女之用。

——外宾、华侨有兴趣者可任择一方随意加入，收费绝不手软……

整整一天一夜老汉我听她走火入魔之胡扯，心里七上八下，明天一大清早赶紧送她上安定医院挂号，问问大夫看有救没有？

眉来眼去论

老汉我大革文化命之时期，被造反派小将绑至一个大牛棚，牛棚中关有新知旧友，个个面无人色，心惊胆战，白天倒垃圾挑粪，晚间搭铺盖于水门汀上偃卧休停，那时候爷不像爷，爹不像爹，娘不像娘，儿女不像儿女，孙子不像孙子。像喝醉了酒的一群人，大家脚勾着脚，脚还在，只是不认得谁是谁的。

好！老汉我不说这些谁都是内行的往事，咱只说往事中的一件。

老汉我有一位好友也被关在一道。往常这好友一星期七天咱们要见八次，几十年来，见什么聊什么，想什么说什么。这回关在一道，每一小时每一分钟切磋在一起，却是一句话也不说。想说而不敢说的时候咋办？咱俩隔得老远就眼睛看眼睛。

《楚辞·九歌》的《少司命》里把这叫作"目成"："满堂兮美人，忽独与余兮目成。"

"目成"这玩意儿玩起来在那时候非常深刻。元稹说"目成"就是"横波"，那意思就浅了。在牛棚里你怎么能"横波"呢？"横波"干吗呢？岂不是邪得很！

咱们就是老远的眼睛看眼睛，加上眉、嘴、鼻、脸的配合，于是就出现了含义复杂的信息：

"我家里出事了！"

"现在有严重问题发生！"

"你要小心！"

"坐在你旁边的那位是混蛋。"

时间过去了这么久，有一回在槐树下小饮，谈到这段事，老婆子就说："我不信能说这么多话！你们现在给我来来！"

老汉我真就跟这位好友面对面来了几下，只是不知怎么的？不灵了。

前几天广东来了位老朋友，官越当越大，京城的同事就是要请他上"东来顺"；他说："好呀！好呀！我喜欢吃'涮羊肉'！"

于是还约了老汉我。又要推老汉我坐上席，京城的同事和广东朋友就分坐左右两边。

开始"涮"的时候，大家谁还顾不得谁；等到近于微醺的时候，话就渐渐多了起来，老汉我左右各坐着一位搞进出口生意的，此道老汉我一窍不通。什么"化纤""原铁""软件""硬通货"……你来我往，尤其是谈到什么机密消息需要悄声细语时，两个人就忽前忽后隔着老汉我眉来眼去起来。

这使老汉我十分狼狈，为了对他们的讨论相应地回避，于是我也做出前仰后合的动作来表示爱护。所以，那天"涮"得特别不称心，不舒展。

干吗把老汉我夹在中间变成人肉隔断妨碍他们的眉来眼去呢？老汉我几次主动站起来让贤，又都被左右两方按住。"别客气，千万别客气！没影响，没影

眉來眼去論

响！"列座周围的朋友也三言两语地规劝老汉我马上退位，形势紧逼，最后使这两位的业务恳谈极受孤立，等于受到一次场内警告，只好刹车。

我隔壁刘家的女儿秀贤，不明不白地忽然变成三十来岁的大女。不结婚是不行了。那天大伙儿正坐在坑沿上聊天，来了个发老鼠药的男青年朱培真，坐下不走，喝完茶还不走。秀贤和培真两人原不认识，看着看着，就交谈起来，这不是好事吗？可出了个多嘴的三婶，三婶姓郑，她娘家是三河人，从小听大人说话她就爱插嘴，这时，她指着秀贤和培真就嚷起来：

"瞧，他俩多好的一对儿！"

这一点醒，一切都完了。朱培真走了。四个多月，至今没打门口过过一次。

天下最怕的是多嘴婆，多少好事都给她没心没肺地坏了。

中国大陆跟台湾的亲戚朋友互相写信，原本不讲自明是件好事，邮件来往逐渐增多，只要是中国人，没有不为此暗暗高兴的。

忽然不知哪家海外报纸把它点出来，用了醒目的标题表示了"特大喜讯"。这一下，事情公开了，你教人家光天化日之下把面子往何处摆？岂不是正在眉来眼去之间又让你把好事点破了？以后恐怕还有好些这类的事情发生，奉劝列位先生们忍住点儿高兴。遇上好事，不要马上叫出声来，免得把人吓跑了。

　　虽然已经用不着每次声明老汉我之学问大大的，但老汉我之谦虚和修养也是大大的，则鲜为人知。老汉我谦虚之尖端表现在"吾日三省吾身"的行动上。

　　世人称赞老汉我之长处，如此如彼，如天天吃饭喝水，成为当然，我早已腻味了。令老汉我最感舒服的莫过于夸奖老汉我之谦虚品德，老汉我时时见捧场人用公式化老套捧老汉我为"大学人""大画家""大玩家""大百科"，而忘记在最后提到老汉我的谦虚美德时，老汉我即顺手推纳，稍加引导，使之进入为我捧场的正确路线，在谦虚部分大力发挥渲染，使老汉我能享受彻底舒服的完美境界。

　　自从老汉我天天反省以来，数十年谦虚火候越来越旺。前日灵机活动频繁，忽然发现老汉我活了八十来岁，居然从来不会剪指甲。

　　剪指甲之活动人人时时得搞，有何会与不会？老汉我曰：否！老汉即是剪了八十年指甲而不会之活样板。

　　老汉我一到晚上坐进藤椅，即喜欢把一只脚缩到椅子上，以左手加右手在脚趾间"上下而求索"，尽兴之后再换脚重复之。

继之，再以香港进口之大指甲钳对十个脚指头的指甲轮番细细修剪。是时也，有如张孝祥"过洞庭"词中所云"……表里俱澄澈。悠然心会，妙处难与君说。……扣舷独啸，不知今夕何夕？"其境界十分赏心开怀。

论到剪指甲，老汉我认为对大脚趾之搬弄最有谈头。大脚趾，指甲宽厚圆实，甚堪香港进口之大指甲钳之纵横驰骋。所以老汉我之双脚上所长之十个指头中最可人意的就是左右两个大脚趾。

不料问题就出在老汉我之溺爱上。一日，老汉我忽感双脚大脚趾疼痛难忍，原来昨晚剪指甲时过火，将左右两边挨肉缝处之指甲裁剪太深，以致乱了章法，使得指甲重新生长时迷失方向，直向生疏处插去，且长势极猛，弄得老汉我不好下台。就这么一拐一拐地打发日子。

几天之后，老汉我密切注视着发展，正想采取以小刮刀小镊子细心疏导之对口措施时，忽见中央电视台的一位女士大讲剪指甲之方法，才恍然大悟：老汉我几几乎白活了一辈子了！自称学问大家，却连剪指甲也不会！

正确的方法其实很简单，钳子只需剪齐指头之外边沿即可，不必深入到肉缝里去。仅此而已。

老汉我小时候为什么没有听到这样入情入理的金玉良言呢？小学没学过，爸妈也没有教过，书上没登过，有什么办法呢？

幸亏中央电视台在老汉我风烛残年之弥留前夕，让老汉我学会了剪指甲的正宗本事。

经此打击，老汉我彻底将八十余年来之生活本领作了一番盘点，发现自己半

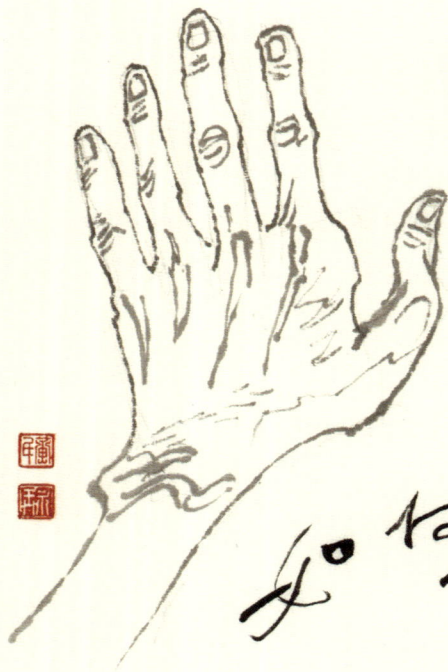

如何剪指甲論

瓶醋的生活知识实在太多了。比如说：

如何过马路？如何讲话？

如何吃饭？如何说话？

如何看电影？如何坐？

如何穿衣？如何扣裤子纽扣？

如何上厕所？如何玩？

一切都停滞在会与不会之间。险哉！！！

老汉我这辈子走得差不多了，中央电视台倒是马虎不得，得仔细筹备一下这一类的高深讲座，让咱们中国人好好学习一下过日子的办法。"不耻下问""下"到这种程度，七不辜负老汉我谦虚了一辈子的苦心。

《邓肯传》里讲到过，她这位名舞蹈家去看望名雕塑家罗丹，两个人在屋子里，老罗丹把她全身摸透，却没有任何进一步非礼的意图，连邓肯女士自己也颇为诧异。她忘了，罗丹是个雕塑家。

老汉我从小就不是什么正经人。打年轻时候起遇见好看的青年男女总要多瞟上几眼。至于像法国那位牌子很硬的大雕塑家罗丹与大舞蹈家邓肯女士在书房相会的融洽局面，老汉我岂止是没有行动过，简直是连做梦也没做过。思想境界没到那种程度，想学也学不会。

老汉我本人和漂亮这个意思贴不上边。打呱呱坠地以来，从来没人称赞过一次"你的长相还过得去"的话。鼻子扁，到老来还架不上眼镜。加上以为到成年会长得大一点儿的眼睛，八十多岁还保持婴儿时代的尺寸；头发，青年时期有过一段时候弄成长长的分头，脑袋一甩，油亮的头发闪电般地挥到脑后去。有的，有过这种光辉的年代，只可惜三两年不到就式微了。

老汉我不漂亮，老汉我有自知之明。老汉我自知人不是靠漂亮而活着。如果人长得漂亮一点当然也是可取的；但如果长得不漂亮似老汉我这样，也用不着惭愧。咱们不端那种靠漂亮吃饭的饭碗就是了。

老汉我十分钦佩和欣赏世界上有"整容"这种慈善职业。有许许多多人用不着说出来的理由都急需整容师的帮助。动这么两下刀子，整个儿人物就焕然一新。

至于若有好心人问老汉我要不要也来这么几刀子把脸孔改一改？老汉我一定马上用洋话回答曰："三口！三口！闹！闹！"

老汉我来不得这玩意儿。老汉我八十有三，多年来瞧惯了自己这副嘴脸："我与我周旋久，宁作我。"

曹操这大人物有时也觉得自己长得不那么相当。见外交代表时，让那位长得又高又大的崔琰做了替身。没料那位有眼力的匈奴外交代表一眼就看出站在后头捉刀的矮个子气宇不凡，是个大英雄。曹操让人看穿了，不高兴，杀了那个外交人员。

曹操这人的气量浮薄，老汉我原以为是罗贯中有派性，或是戏文里硬给安上的。比如带了陈宫流亡时杀了吕伯奢全家，不听劝而哈哈大笑曰："大丈夫做事要干干净净！"

这算什么干净呢？手上沾满好人的鲜血还干净个屁！老汉我中年时期看了裴盛戎的《捉放曹》，裴是熟人，老汉我就劝他改一改，说曹公是个大人物，即使"放眼世界"而错杀了好人，也应觉得沉重一些，抱歉些；"干干净净"也可以，就是别哈哈大笑了，一哈哈大笑就显得浅了。好友裴盛戎是听得进老汉我这进言的。

老汉我八十进三之后，一想起老曹这档子事，就与前面的看法有别了。他虽

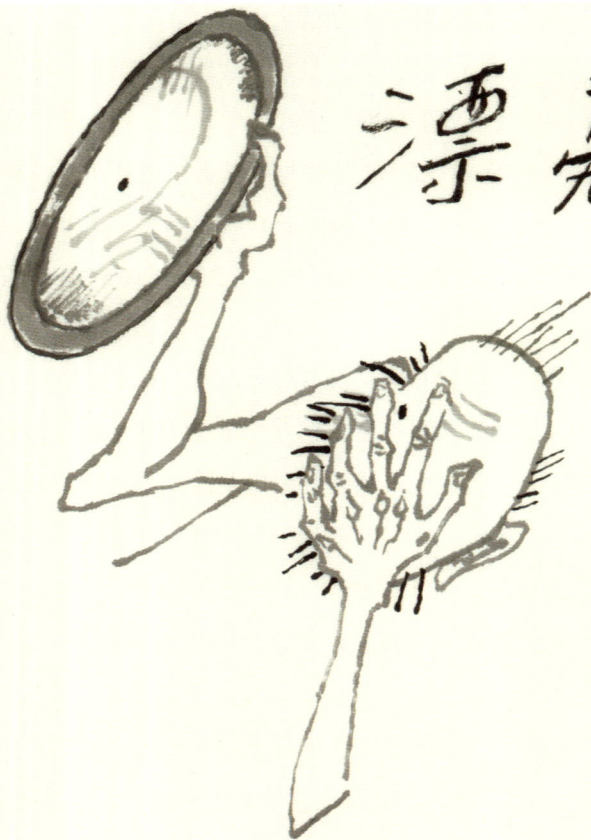

漂亮论

然雄才大略，却是个十足心胸狭仄的混蛋。我至今长了个知识，雄才大略、气概非凡的人物，并非都德才兼备。因为杀人之后哈哈大笑起来的举动，在曹操名分上也还说得过去。

此人做好做歹。一下子为董卓献刀，一下子借刀杀祢衡，一下子装自杀然后改为割胡子，一下子假装睡觉做梦而杀人，一下子杀吕伯奢全家，一下子杀匈奴外交官……一辈子又挨着花样玩杀人游戏，哈哈不哈哈的问题反倒不是个问题了。不会影响老曹的高大形象的。

道理说透，他杀谁干我个屁事。只是老汉我想告诉看官，长相和德才并不总是一致的。透过对老曹的长相、德才矛盾而"反馈"，于是老汉我之长相与德才之矛盾，即可得出老汉我与老曹长相、德才之一致性。

不同之处在于老曹杀人，而老汉我连杀鸡也要心跳半天；在于老曹怕人笑他长相与德才不一致，而老汉我对长相却十分不在乎。求小异而大同存焉，有何不可？

这几年来日子好过，好看的男女青年越来越多了。我站在马路边上的日子也就频繁起来。热闹场景如张岱笔下描写之《西湖七月半》："西湖七月半，一无可看，止可看看七月半之人。……"

这年月，简直是天天《西湖七月半》，处处《西湖七月半》。只不过有一点讲究。

讲究在于只可在某种特定情况中"看"。一曰："纯看"。二曰："远看"。

"纯看"忌交谈，忌购物，忌问路，忌请求帮忙，忌笑，忌回嘴。

　　"远看"忌搭公共汽车、无轨电车，忌踩鞋，忌骑自行车相撞，忌在人行横道边上，忌管闲事劝架，忌上公共厕所，忌买火车票、长途汽车票、电影票、飞机票，忌马路上用人民币拦出租汽车，忌排队买肉买菜。

　　有此数十种小心翼翼之忌，则可放心大看穿着摩登、通体大方文雅之年轻男女，保证绝无危险矣！

　　若不听老汉我之忠告，半秒或十分之一秒钟之内，你将得到自出娘胎以来没听过、没见过的报应从漂亮的嘴巴内喷薄而出：

　　"老帮子，你活得不耐烦啦？"

　　所以，老汉我不免这么想，长得难看，穿得难看，倒好像大家会太平些。

论织女为何嫁牛郎

小时候听老奶奶讲故事。

往时候夜晚的天比现在的蓝，星星也比今天的亮；月亮呢？也明净得多。

这样的话，老汉我说了几十年，没想到到了"文化大革命"被人想起来了，说老汉我是"现行反革命"，"公然诬蔑社会主义月亮没有封建主义月亮好"。旁证共有五个之多。

为月亮和星星老汉我还挨过耳光。

那时候是小人动口，君子动手。老汉我那时不是君子而是小人，小人挨耳光天经地义。"好人打坏人，活该"嘛！

"四人帮"垮台，街道给我平反。老汉我打从第二天早晨起，就停止扫街活动。

老汉我活到目下这个年龄，玩性丝毫不改，仍然欢喜欣赏星星和月亮。月亮这东西也怪，你看他，他看你，看着看着，他就眉清目秀地对你微笑起来。谁都有这种机会，不信，可以挑一个好月亮的晚上，搬张小板凳在院子里试试。

老汉我打从小时候起就有个问题想不通——为什么玉皇大帝的孙女会看上人间的放牛娃？死皮活赖地

要嫁给他？

想想看，天上多好！要什么有什么。老汉我也不明白天上为什么这么好，穿衣、吃饭都是供给制。（没听说天上发行过钞票。）特别令人纳闷的是天上很少有家庭生活的报道，但却有双职工在上班。他们也生儿养女，"织女"就是玉皇大帝的孙女，《汉书》上就说过："织女，天帝孙也。"既然血统如此之正，而出身又是宇宙洪荒天下第一家响当当硬门牌，南天门内，有的是年轻标致人物，小的哪吒、中的韦驮和二郎神杨戬，至于独身老干部可就多天多地；好奇一点，像孙悟空、猪八戒这一类对象也有的是，她却是一个也看不上眼。

下得凡来，皇上算起，宰相、元帅、将军、状元……从京城到边关，大大小小衙门千千万万，再加上文化艺术部门，正经的有正经，风流的有风流，各种头面人物任其挑选，再怎么也轮不上一个放牛娃嘛！真让人太难想得通。

话说尽了，就拿老汉我年轻时讲吧，不疤不麻，五官俱全，要啥有啥；论兴趣，老汉我一辈子泡在兴趣之中。吹打弹唱，花鸟虫鱼，琴棋书画，论精不敢，倒是无所不能。织女未免太过矫情，就连老汉我也不放在眼下。尽管如此，人各有志，婚姻自由，老汉我还是想得开的。

几十年前老汉我研究织女之婚嫁问题时，落点不对。老汉我当时认为天上织女放眼世界，洞察一切，其又黑又大之眼睛是显微镜又是望远镜，看到牛郎孤苦伶仃一个人，早出晚归，夏天挨晒，冬天挨冷，风天挨刮，雨天挨淋，十分可怜，产生了妻爱与母爱之怜悯感情。

老汉我儿童时期思想境界不高，眼域不宽，只见牛郎一个人受苦受难而认识

論織女為何嫁牛郎？？？

不到全世界广大受压迫受剥削之劳动人民比牛郎要辛苦得多；牛郎是日晒雨淋，饮食失调，何况尚有活牛一条陪伴；而全世界受压迫受剥削之劳苦大众则是水深火热。此中区别十分清楚，无须赘述。乃知织女看上牛郎的是另一个角度。

此问题足足令老汉我思索了七八十年才弄得稍有头绪。

织女既是玉皇大帝之孙女，也即是宇宙间最大之高干子弟。天上地下，高干子女之令人艳羡所在，织女无所不备。

"名""利""地位""权势"蜜罐罐里泡大的娇娇女，她要找、要爱的就是对以上诸种妙处完全无知无缘的那种人。全世界碌碌众生用各种手段为之奔赴弄得焦头烂额的那种指望，大概使织女腻味了，厌烦了。而傻乎乎的这位牛郎倒真真是没有受到污染的稀有人物。

老汉我早就想向牛郎学习，学习他不为名，不为利，一心扑在牛身上的高尚纯朴的品质。不过，老汉我一见到人家吃喝玩乐，见到威风人物出出进进于高级饭店，口里就要流口水，心里也痒得慌。多少年来下不了决心，凡心如此之重，别说织女不来找我，就连老汉我之糟糠之妻，也是托媒人的福，连吓带哄地弄来的。

　　"五色令人目盲，五音令人耳聋，五味令人口爽。驰骋畋猎，令人心发狂；难得之货，令人行妨。是以圣人为腹不为目，故去彼取此。"
　　（《老子》十二章）

原来做人难在平常。

笑可笑，非常笑

捷克的哈谢克写的那本《好兵帅克》，听说跟咱们的《西游记》一样，几乎是家喻户晓，无人不知。

好兵帅克这号人是个"满足派"，也可说是个"随遇而安派"，记得他被抓去坐牢之后，见同牢的一个人在啼哭伤心，大叫冤枉。帅克劝他说：

"这比以前好多了。古时候对待嫌疑犯，总是让他喝熔化了的铅汁。现在不必喝了，你自己想想看……"（大意）

老汉我的一些晒太阳、遛鸟的朋友不明书理，哪一天上铺子吃饺子被奚落，哪一天买蒜受人白眼，哪一天在高级饭店门口看一眼也不让……他们就不明白，这是大惊小怪，这哪儿算委屈？

汉朝的咱们不说，清朝的咱们不说，单说个"文化大革命"的听听！

一间洗澡堂子的大池子。咱们老年人都喜欢泡大池子。人热呵，水也热呵，还有得聊的。那时候可不一样，随身都得带小红本。下池子时就搁在衣服柜里。时间泡长了，到了吃晚饭的时候，管澡堂子的叫大伙儿起来，说是"晚汇报"的时间到了。

那，那咱们咋办？光了个身子能行吗？

"不行！"

到衣柜里各人取出个小红本，十几个六七十岁光着身子的老头在池子边上转来转去不知怎么才好。

"晚汇报"的时间到了，管澡堂子的回身大叫起来：

"你们这，这算什么样子？快！该挡的地方挡着点，快！"

那一趟汇报可把这帮老头冻得个半死，一边"汇报"，一边打抖，没料到祸不单行——

回身一看，池子里的热水不知怎的全漏光了。塞池子的柱子躺在边上。这如何是好？有的老头泡完澡，刚擦上肥皂，连莲蓬的水不知咋的也停了。

管池子的一看，"啊！"这可不得了！

"谁给拔的？一池子的几十吨热水，多少钱？多少时间？你们别走！别穿衣！我叫领导来……"说完走了。

领导来了说这是阶级斗争新动向，给这帮光身子的老头儿们办了个临时学习班，查了出身、历史，留下了地址、居委会电话号码，大家凑份子赔了钱，丧魂落魄地逃回家里。

好长一段时候不敢从那澡堂子门口过。

大白天下了一场冰雹那年，也就是那一天，一个顾客在一家饭铺子里吃饭，刚下过冰雹，窗门都给关上了，闷得慌，顾客就开了一扇窗子透透凉气，这时服务员端茶过来，见窗子给打开了：

"谁开的窗？"

笑可笑
非常笑

"我开的，屋内太热！"

"给我关上！"说完，服务员抹头就走。

"屋子里那么热，你叫我怎么吃饭啦？——要关你关，我不是服务员！"顾客说。

"呀？"服务员走到半路回转身来，"你，不，是，服，务，员？好呀！"他向屋内招了一下手："喂！这小子说他不是服务员，窗子他开的，要我们服务员关！瞧这小子……斗他一斗，给点好菜尝尝！"

于是出来了一帮小伙子，把这顾客反手一按，架成了喷气机，斗了起来……

老汉过日子就是想得通。要说"喝铅汁"的话，"四人帮"不倒的话，说不定就给喝上啦！

眼下，起码咱们老年人上街不慌了；进铺子喝点什么也没有人招惹了；上得车，见咱们长胡子的也有个把人让座了；石头掉在大马路当中也有人给移开了。这是老汉我亲眼见到。点点滴滴可不容易呀！

就是不齐整。不是大家一条心那么做。这样做的人还很稀罕。做一点这种应该做的事动不动就表扬，像个仙女下凡那么了不起。

把平常应该做的事也看得那么稀罕，当英雄可就太容易了。

人对人该不该讲礼貌？这是普通"家教"。若是您遇上个失礼的售货员时对他说："没有家教！"他听了一定觉得新鲜，说不定还会难得地笑出声来，因为他年青，可能从来没听过。

有一则老绍兴戏是颇有趣的：

扮三花脸的小老头匆匆忙忙跑到台口对观众说：

"以前我们打爹的时候，爹跑了，我们就算了，现在儿子打我，我跑了他还追着打——你们瞧，他来了！"

"以前我们打爹的时候"，好像"爹"这个东西是经常需要打一打的。这位三花脸的行径真有点让人"喝铅汁"的味道，你可能会笑一笑。

笑，一个人有恃无恐的时候才会发生。虽然老汉我八十来岁的人咧开嘴巴"造型"并不好看。宋词有云：

"……笑渐不闻声渐悄，多情却被无情恼……"

老汉我因为胆小遇到好笑的事情总是采用一种战术：

"笑得赢就笑，笑不赢就跑。"

倒是很少吃眼前亏的。

交朋友交到这种程度也是少见的。

明朝的陈老莲死了以后，为他刻木版画的名匠黄子立也死了；死法和陈老莲一个样子。

陈老莲死时大约是五十七岁，死之前坐在床上对家人说，要去阴曹地府画地狱变相图云云。接着黄子立隔了一段时间也坐在床上对家人说，陈老莲去阴间画地狱变相图要我去刻木刻画……

死之前都洗了澡，把一身弄得干干净净。情绪也是从容得很。这种死法还是比较有意思的。

契诃夫有个短篇说到一个酒鬼，老婆去医院生孩子，他半夜三更偷偷打开姨妹子的酒橱，误喝下整整一瓶煤油。酒鬼喝下整整一瓶煤油之后以为定死无疑，把自己安顿得妥妥当当，还写了一封因错把煤油当酒，自己之死与别人无关的剖白书。

第二天天刚亮，他清清楚楚听到窗外树上叽叽喳喳小鸟在叫，他动了动脚指头，猛然坐了起来：

"哈！没死！"

姨妹子知道后大骂这位姐夫，还埋怨近来煤油质量差，掺水……这和老汉我之某种经历十分相像。

老汉我多少年来以陈老莲、黄子立的派头为榜样，几次地洗澡剃头，几次地让老婆哭哭啼啼给老汉我做"告别宴会"之酒席，酒足饭饱之后坐到床上，闭目，从容向发妻招手，学外宾口气说"拜！拜"三次……

不幸的是，第二天大清早的同院邻居煤球炉之炉盖之叮当声把老汉我从梦中惊醒，更不幸的是如倾盆大雨之老妻之狂怒讨伐，几令我老汉无地自容，羞愧难当。解释是没用的，因为老妻的一片心意并不希望老汉我马上就死。只是屡次如此折腾，太过破费钱财和情感。

同院的年轻人扒在窗口往里瞧！

"吓！瞧这老两口儿，天天都有新鲜事，又吃又喝，又哭又笑，把自我折腾当玩意儿……"

看样子陈老莲、黄子立的派头是学不得的，也学不了。这是天分，也是天机。怪不得老妻下定决心，捏着根擀面棍说："你怎么死我都受得了，若再搞那种玩意儿，我可就饶不了你，我就用棍子敲得你活转来！"

明朝末期的陈老莲毕竟是位人物，故宫里藏得他许多好画。老汉我看，他还有一些大故事世人说得不够，那就是他当时和出版界的关系。

陈老莲这家伙不是光个儿只顾画画的，他还有许多精彩的朋友，那些朋友在明末时期的文化界都是很有生趣的性情中人，像黄道周，周亮工，张岱……他和张岱的关系不错，很长一段时期住在张家，画了不少画，邋邋遢遢留下了许多没画完的稿子，弄得张岱很惑负担。对周亮工他还有点看法，画了一个归去来长卷，写了不少规箴的见解在上头送给他。看样子，出版"水湖叶子""西厢'插

従地獄變相圖到
出版

图和一些木刻集子的事，是会得到既有钱而又有点场面的张岱等人的帮忙的。张岱是那么好的散文家，感觉细腻，手法准确，既然看准了陈老莲的友谊，理解他的艺术火候，于是陈老莲跟安徽帮的木刻高手黄子立等家，跟桃花坞知名和不知名的木刻高手们的联系，应该是少不了张岱公子出的力气的。

文化活动，文化活动圈子，只见到写文章的头面人物，而往往疏忽了从中不停地掀着巨澜的文化活动家之最——出版家的功劳和作用。过去出书要刻木板子，要印要发行，想想看，那是多大规模的生意经？历史上既是作家又是出版家又是文化活动家的多的是，只可惜写书的很少把他们端正到"上席"的位子。好不公道！

写书的没有印书的不行，没有卖书的也不行，"当知稼穑之不易"，这些无名英豪哪一天有人能认真地写一写呢？

老汉我有位姓范的朋友，一爱出书，二爱喝酒，两样爱好如痴如狂。加在一起称为全才。"文化大革命"时期，钱少了自然缺酒，然而不管，豁出命来出书，简直是侠客行为。此人个子奇小，胆子奇大。仁人志士是不论个大个小的。

作家杨绛是作家钱锺书之夫人，钱锺书年青时候写了本《围城》，好事之徒几十年来纷纷猜疑这是写谁？那是写谁？据杨绛说，写的都是"乌有先生"。杨绛最近写了一本《钱锺书》，据杨说，事情都是准准的了。这自然是可信的。杨绛是位奇女子，钱锺书是位奇男子。以奇女子写奇男子，自然大有可看夺目之处，然而不然，卖书的只肯代卖二千册。（全国十亿人，天哪！）

老汉我身子十分单薄，家底不厚，也买得下二千册送人。如此代卖，不可想象矣！莫名其妙之极矣！

昨晚不寐，摇老妻不醒，想到杨绛、钱锺书那两夫妻卖书之艰难，心生一计，建议将杨所写钱之书名更改为《干校女侠杨绛三戏管锥道人钱锺书》。

老汉我半夜三更，遥望南天，心潮澎湃，如此构思，急欲贡献，忙拍刘大妈传呼电话之门，摇电话至钱公馆，号码拨过，只听铃子响，不见人过来。恍然大悟，原来女侠和道士也要睡觉也。

重建圆明园妙法

老汉我大清早出发，游了一趟圆明园。

说来惭愧，圆明园烧光抢光四十四年以后老汉我才"哇哇"坠地，来不及为劳动人民智慧的结晶被破坏及中英、中法、中俄北京条约之签订流一汪羞耻之泪。明白圆明园烧光抢光之后而觉得可惜，那已经是长大以后的事了。

世界上许多事，老汉我至今想不通。圆明园之被烧被抢就是老汉我想不通之一。因为圆明园与圆明园内之珍贵宝贝在未烧未抢之前早已存在。皇帝老爷儿代人在内过日子，从来没有想到过请老百姓进去看一看，更谈不上把这地方和其中之诸般宝贝交代一声说这是属于老百姓的。按那时候的规矩，要是冒冒失失闯进去给逮住的话，一个人掉脑袋不连累一家就算是万幸了。既然如此被烧抢一空之后却要让大家去凭吊，实在可算是一丁点儿道理也没有的。这和臭虫吃人血，被人逮住将欲处以极刑之时，臭虫跟人讲道理云"喂！人，如此弄法，岂不糟蹋您的血？"一样。皇帝老爷跟英、法联军都是臭虫，跟列宁晓喻的"青鬼和蓝鬼"毫无区别。一个是几千几百年的剥削和掠夺，一个是几天几夜的烧杀和掠夺；倒霉的全是老百姓。强盗之间财物的转手，跟老百姓有屁关系。被掠夺的东西在甲方手上就不可惜，到了乙方手上就让人觉得可惜。世上哪有这种歪理？

老汉我十岁那年，跟家严坐马车去过一趟圆明园。那时皇帝老爷下台才两年多，老汉我之小辫子还留在脑后，脖颈上所挂之长命百岁银项圈在临时出门时给取了下来，说是路上不清洁。那时候玩旅游跟现在玩旅游差不多，见到银子都容易让人认真，留在家里比外头露财自然要安全得多。

五十多年前劫后的圆明园跟今天所见大不一样。倒的、坍的，被烧焦的，被砸碎的，横七竖八，还十分十分热闹，不像今朝只剩下十几二十根石柱子勉强立在那儿凑合风光。萨都剌词中所云："荒烟衰草，乱鸦斜日"，倒近似这种调调。

家严去世得早，没有福气活到"文革"，所以见识究竟浅陋。他一直觉得圆明园之被烧被抢，应由他来心痛心痛，才合乎礼数。

老汉我一直怀疑，圆明园之被烧被抢，究竟是不是皇帝老爷跟英、法联军串通搞的？第一，为的对付太平天国。第二，是骗过老百姓。圆明园都烧过抢过了，老百姓们怎能不认为英、法联军不是斤两十足的狗日的强盗呢？"中英、中法北京条约"就是帮这个大忙的酬劳费也是说得通的。"中俄北京条约"就更是明明白白的调停帮忙手续费了。

老汉我一直特别欣赏许多风景名胜重点竖的说明牌子上的论点，把这些过去封建皇帝老爷们过日子、吃喝玩乐的地方说成是"劳动人民智慧的结晶"，而今天又"还给了人民""回到人民手中"。

幸好咱们过去的皇上都那么愚蠢，那么不知道世界，那么不读书、不看报，

重建圓明園妙法

只会叫人修建搬不走的故宫、颐和园、天坛……只会搞三宫六院，只会把建海军的公款去扩建颐和园，修那条永生永世动弹不得的石头船……

幸好他们不会玩，不像外国皇帝去搞那种不留痕迹的吃喝玩乐，或是上外国旅游；把搜刮的银子存到瑞士银行去让子孙万代享福；上蒙特卡罗狂嫖滥赌，输得精光，一个子儿也不留下来。

皇上呀！皇上，咱们可是托您愚蠢的福啊！倘若咱们的皇上是聪明人，有高明的嗜好，那咱们今天就不好活了。

圆明园之郊游，产生了以上所云的各种"意念"（这是刚从报上学到手的两个字）。

近年来报上几次哄响要对圆明园的重建有所行动。热心大大的，可惜世上的仁人志士大多是穷光蛋，嗓门变钱谈何易？况且圆明园也不是一朝一夕弄起来的（从康熙爷起建到咸丰爷烧掉，整整一百五十一年），老汉我毛估一下，百把年的加添增补，这笔钱怕得一百个包玉刚先生加一百个霍英东先生的财富才盖得起来吧？何况世上只有包、霍二公各一位，真有了那么多钱，谁舍得拿去盖圆明园而不去搞另一个摩登十足的旅游中心呢？奈何奈何！

老汉我从来天才横溢，想出一个自己人毫不掏腰包而能恢复劳动人民智慧结晶圆明园之原样的办法，即发一邀请书给当年毫无道理烧我圆明园之英、法联军及事后趁火打劫收调停费者之后裔银行界人士百名，请他们派代表前来北京重点旅游圆明园。就近在圆明园荒地搭几间茅棚草房作其收容所，委派曾经在"文革"期间卓著功勋之干练人士，按"文革"管理办法严格管理之。召集"圆明园被烧抢破坏忆苦大会"，勒令其各人带笔记本按罪行轻重低头分头尾坐定。再由演员化装成圆明园受害者后裔登台，以纯粹京腔进行血泪控诉（若北京人艺"茶馆"组原台人马客串更佳，因其中还有精彩的庞太监也），务必字字血，声声泪，台上台下鼓足气氛，随时配合节奏高呼口号，直到洋人个个脸孔发白，全身发抖为止。

会后，排队可棚写交代和悔过书，并分别签出令我方充分满足之赔款支票，由我方经济专家验收无误。

一切妥当之后，急速将此辈洋人正式转换为纯粹旅游者，以高级轿车送往颐和园参观，接受美的享受。并于"听鹂馆"午宴，对此辈进行"忆苦思甜"教育。乘其酒醉之间，赶快拿来"意见本"赚其大讲好话，留为凭据，以正日后之视听。

此计划如得实现，功劳在我，有关方面褒奖，望能付外汇券若干较为提神，千万勿发奖旗或奖状，因老汉我家此物，已存七斤有余矣，切切莫忘。

"近乡情更怯，不敢问来人"这两句唐人诗，至今读来还很像老汉我兄弟老五作的，很有点现代风味。

人家问我老汉："瞧你老头自由自在，天不怕地不怕模样——你到底有怕的没有？"

好家伙，夸老汉我胆大，无异说老汉我"和尚打伞"。老汉我并非爱好胆小，实乃而今自称胆大者没有一个有好下场是也。

前些年听到一段相声（年纪大，记性坏，连名字也忘了），说一个饱经购物折磨的购物者到店里买香烟，口气战战兢兢，售货员怒斥之曰：

"瞧你那个胆，还敢上街买香烟？"

当天老汉我就准备写一抗议信给电视台，并从炕头取出十元钞票二十张，到鼓楼东大街找当律师的刘二庆，要他写一张上法院的状子，告那个相声演员小子一状，平白无故当众揭我某日买东西之短。二庆吃里爬外，向着那耍嘴皮子的，说人家批评的是态度不好的售货员，不是说"您"，相声演员的工作对人民有益云云。

老汉我悄悄把捏在手中的二百元钞票放回口袋。宽了心，省了钱，知道市面上胆小的不止老汉我一人。

俗话说：老乡怕进城，华侨怕买票，开车的怕警察，洋人住店怕没号。

连华侨和洋人都有所怕，老汉我胆小还有啥好论的？

老汉我活了八十多岁，一生抬头上万次，飞机可没少见，高高低低，大大小小，一年以十只论，千把只也不为多；就是没见过停在地上的。

飞机装人，那是一定的，坐上百儿八十的冲上天去，要真能亲眼看上一趟，也免得在小街酒铺里聊起天来时让人冷落。

听说飞机场离咱家有三十多公里，一公里二华里，来回就是一百二。一百二这个一百二呀！……老汉我就起了一个骑驴上飞机场旅游观光的计划。

十斤大饼，半罐甜面酱，两斤大葱，喝水的口杯，半斤关东，一口袋草料。准备就绪，翻开黄历，赫然四字"出门大吉"。老汉我赶紧上驴，迎着朝阳直赴飞机场。

古人所云："朝发夕止"，这一条六十多里的旅游线，可真是下午七时多才到，足足十二个小时。

驴绑在停车场一细铁栏杆上，登时围来一群年青司机，放着飞机不看却来看老汉我及老汉我之驴。

夫汽车及驴者，一律交通工具者也，舍彼而及此，少见多怪之外无他！

未进门已闻隆隆之声。所谓门，实无门，玻璃耳。人稍近之则门自开。飞机不见而人极多。

进门后，地滑如冰，墙上悬各种机格牌板，且发出地道之京片子及洋片子通告消息，以利各界土洋杂人受用。另一显眼夺目之大标语悬于大厅上空之拦腰所在，上书：

"旅客第一，质量第一，信誉第一。"

三个要害项目都是第一，而非第三，亦非第九，决心如此之大，口号如此之响亮，气势雄强，是没有与人商量和讨论余地的。

余进厅遍观之后已晚上九点，土洋人群个个低头徘徊，如遗失手表钱包在地，作遍寻不着之表情。亦有部分男女向里张望作嗷嗷待哺之表情。尚有个别人士偃卧于稀有之坐椅上"行功"。姿态万端，不一而足。

彼辈远道而来，如此深夜不上飞机，不回家，不交谈，如屈子行吟泽畔，垂眉不语，不言自明处必定极有诗意，极有搞头，极有令人徘徊再三不忍散伙的佳境。余市井之人，不识此中妙理耳！

余内急，见大厅右侧某门上有小黑色男女人士图影各一幅，即选一男士模样之门进之，果为男士专用。此处讲究为余平生仅见，曾听人云外国有用白瓷砖盖"茅房"，余每不信，今亲眼看见白色瓷砖由地面沿墙镶砌而上，砖砖大小相同，分毫不差，阔气加大方令人心旷神怡，得到美的享受，方知世上真有此事。尤有费心者，主事人为增加气氛，培养远客对家乡情感的深度，特在原来厚重尿味之基础上，倒注原装阿莫尼亚浓液于池内，产生不仅刺鼻，而且刺眼之效果，使旅客一入国门，即得到区别于国外异邦之强烈本土印象。若非老汉我如此细致观察，其一心扑在旅客鼻子上之用心是容易为粗心人忽略的。

厅左有自动电梯照料上下，余见左右无人即战战兢兢踏前，果然冉冉上升矣！余兴奋之余正进行美的享受之际，忽闻云端上有人大叫"下去"不止，余知

論第一及第九

大事不好，此刻已身不由己，且逐渐向呼喝者逼近，有如自动屠宰场之牲口一般，面对怨容，进退两难矣。

"我叫你下去，干吗你不下去？"

"老汉我原本想上去看看，等到您叫我下去时我下不去了，我胆子小，没用过这玩意儿。"

"你怎么来的？"

"骑驴来的。"

"……真见鬼……打那儿下去！"他指了指楼梯，总算给了老汉我一条出路，从云端回到人间。

厅正中有一小门为问讯处，一年青女子坐于其内。老汉我一生最佩服大字典及问事处，凡有疑难，一翻一问即知。何来如此大学问、好记性？则不得而知矣。

老汉我上前一步轻声问讯：

"哎！请问您那个，那个飞机……"

女子正织毛线，头不抬，眉不动曰：

"问他们去！"

"他们"是谁？除这位年青女子之外，"他们"就是在厅中走来走去而状如屈原的那些人吧？看来那些"他们"面露凄容，恐怕就要作诗了，还是少去骚扰为妙！

已经深夜，万物休眠。飞机场虽说不停开放，我辈性情中人都应明白，机场开放，飞机开放，休息室开放，饮品处开放，乃"器"之开放……并不等于人可以不休息也。比类学问古人早有论定，"器"与"人"区别是很大的，一旦混淆，就要出漏子。

君不见大标语上所书豪言壮语乎？

"旅客第一，质量第一，信誉第一。"

第一者，非第二第三，亦非第九之谓也。若书明第九，则学问浅显不耐寻味矣！

旅客第一，而非我骑驴旅游之老汉吴世茫第一，易明之极，老汉我亦板想得通。可惜老汉我来得太早或太晚，不及见到旅客下机后受宠若惊的"第一"感受。真为可惜。

质量第一，拙文中已有具体详论，无须赘述。（参阅茅厕段）

信誉第一则最有研究。信誉乃人生中第一文章。一个国家，一个单位，一个人，死活都要为此拼命。信誉此种宝物摸不着，见不到，然无人不知其妙。儿童时期被父母夸曰："宝宝乖！""宝宝会自己拉粑粑！"即是对信誉之初探也。及年稍长为师长夸为"这孩子老实！"继之夸曰："这青年办事踏实不浮夸！"续夸之曰："这人妥当，信得过。"一辈子为人称赞，也即是信誉不错之明证，及其老矣，被人称为："这老狗日的从来说的一套做的一套，不是东西！"则信誉不好定矣！

"信誉第一"，飞机场如此重视，而不称其为第九或第一百。老汉我亦双手赞成，我之见解与飞机场见解完全一致，有如飞机场设若提出"人为万物之灵"，老汉我也一定双手高举赞成一样。理论探讨，老汉素来喜好，反正有空不妨多搞。

老汉此番骑驴旅游收获很大，归程也不算很远，今晚在柳树根下将就过上一夜，明朝起早上路归家与老汉妻团聚，陆某有诗赞曰：

　　　　衣上征尘杂酒痕，远游无处不销魂，
　　　　此身合是诗人未，细雨骑驴入剑门。

　　皓月当空，书之记趣。

鱼水遗篇

前日老妻上自由市场买来一条肚子奇大之大鲤鱼，重三斤四两，使老汉我心花怒放于内，表面则装着一副首长沉着面孔，不大叫："太好了！太好了！"而板着脸孔说："唔！好的，好的！"免得老妻受到表扬而大翘尾巴。殊不知将彼鱼破开肚子，却漏出足足啤酒杯满满一杯水，怕不有二斤半重，真真是'气杀我也！"

鱼肚子灌水，而老妻付的十足鱼钱，老妻所付，为老汉我之库存珍品，老汉我方系真正受害者。古人云之"遗我双鲤鱼，中有尺素书"，"尺素书"被偷换为"一肚水"，老汉我从中既无"尺素书"可读（至多如收到一封骂人的匿名信），又无加椒辣姜蒜之浓焖鱼子可吃，岂不痛哉？

可知凡论鱼水关系，未必就可成为文章，就可正为清谈正宗也。

庄子论鱼水关系，最后还是闹得个无结果而散。

"鱼在水里游来游去真他妈的舒服自在！"

"你不是鱼，怎么晓得鱼舒服自在？"

"你不是我，怎么晓得我不晓得鱼在水里的舒服自在？"

这么轮番讲下去，单调地层层加码，和小孩子互相骂娘也差不多了。

两千多年前的鱼水篇到了二十世纪的四十年代末期有了个新的接应，又是一次关于鱼和水辩论的大道场。那是老汉我年方五十未出头之时，距今虽三十余年，热闹场面和重要招式大致尚还记得，好像是乔木（"南"乔，乔冠华）和胡风领衔上阵的。

"要游泳必须在水里。"

"在水里的未必都在游泳。"（这里头就包括说出鱼在水里是过日子而不是游泳。）

"那么，不在水里游泳，难道在沙滩上游泳？"

老汉我就特别欣赏"难道在沙滩上游泳？"这一旁引。因为老汉我从小至今就是一只旱鸭子，别说水里，连走在沙滩上也是胆战肉麻，深切理解到在沙滩上只能是高一脚低一脚地散步而绝非游泳。

是不是那时候有人提倡在沙滩上或大马路上游泳呢？是不是有人那时候认为水中生物如带鱼、海豚、乌龟都是在水里游泳而非在水里过日子的呢？老汉我就不知道了。

老汉我同街坊有一张姓之同庚老人，家藏照片极多，老汉我有福气在老人之家看到乔冠华先生和胡风先生分别在香港沙滩上大露赤膊，仅着短裤一条，面露嬉笑容颜之快乐照片数帧，证明此二公不仅在沙滩上经常散步，亦在水里泡过也。

乔、胡二公近年相继仙逝。科学家叫这现象为"物质还原"，人人都会还原自不足奇，老汉我亦一名候补还原之物；然余对此二公之还原时时产生恋恋不舍

魚水遺篇

之情，何耶？理由简单，乃二公与老汉我非亲非故是也。非亲非故，情不入中怀而恋恋不舍，天骄莫属。

乔公风神倜傥无二价，正如沈从文老人形容某人鼻子所云"送到当铺去也值得一千块光洋"那样水平，一致公认是个漂亮的才子，性情中人。三十多年来，不管散步游泳，都是有型有款，中规中矩。忽然一天跳入水中，绝非游泳，如同走魔！上岸后浑身湿透，脚步跄踉，令旁人及老汉我毫无思想准备，变不可能为完全可能，出了个特大型意外，不长期怅惘惋惜是不可能的，然有何法可想？其悄然隐去不见痕迹，亦令老汉我神驰无限：

"曲终人不见，江上数峰青"，与此情景差似。

胡公三十余年来境状不同，在沙滩上没走几步即被人按入水中。"在水里未必都在游泳"正好成为自己的谶言。记得《水浒传》中宋公明在小船中初遇张氏兄弟时，张横即征询过宋公明意见，愿意吃"板刀面"还是"馄饨饺"？并服务态度第一地耐心开导他，"板刀面"就是剁几刀之后扔下河去；"馄饨饺"则是反手捆绑之后不另行加工而直接扔下河去，省下刀斧之苦。宋公豁然开朗，发现两者之间差别不大，顿时叫起屈来……

胡公与此境相比，介于似与不似之间，下水则一。说时迟，那时快，一下子没入水底足足过了二十余年水下生活，如何水底换气？老汉我不得而知，认为胡公是个死囚犯一辈子浮不上来则敲定无疑。

真正是"忽然一声春雷响"，胡公又活了过来。"绝塞生还吴季子"乎？哪位是不善喝酒的顾贞观呢？胡公上得岸来，豁然开朗，四周乐声大作，只是呛了二十多年水的老人如何受得热补？受得了偌大的欢乐？于是溘然而逝。

二公均善玩水玩沙，均令人神往，均举足轻重，造化之作弄人，玩意儿可真不少，有偈为证：

心地含诸种，遇泽悉皆萌，

三昧华元相，何坏复何成！（《五灯会元》）

"非这样不可！"

这是自古以来的一句转弯抹角、表示坚决意思的话。

"非"是"不"。明明白白说的是："不这样，——不可以！"

眼前好多人只用"非"字表示坚决。把一句"他一定要做"这句话说成：

"他非这样！"

正当地说"他非这样"应理解为"他不这样"；但实际生活中的"他非这样"已经变成"他一定要这样"的意思了。

严重的是电影、电视和一些文学作品也在这样拧着脖子使用，颠非倒是，不以为不正常。

为什么几年时间会错成那个样子呢？是哪位大爷起的头呢？莫名其妙。如果用一个礼拜时间，像"卫生周""交通安全周"那样，来一个纠正"非这样"周，能不能救得回来呢？难说。

话是说给人听的，有些话听起来别扭，但不是错，反倒有趣得令人难忘。在公共汽车上辛苦的女售票员看到人多，便大声地喊着：

"有没有没有买票的没有？"

断起句来简直难透了。

其实说：

"没买票的司志请买票。"就清楚了。售票员同志成天夹在人堆里，情感真是缠绵得可以。别人半个钟头也受不了，他和她们成年成年地泡在上头，你让他们的语言能活跃到哪儿去？

听过闽南朋友说："穿衬衫衫裤"，原来老汉我也不懂，后来明白就是穿衬衫的意思。

广东朋友就更有趣。有一天一位广东朋友跑来告诉我：

"吴世茫先生，你快点上百货大楼去啦！那里卖菲林真是抵，八毫子一卷啦！唔买就蚀底啦！"（译文）

老汉我费了好大工夫才明白过来。他劝我上百货大楼买照相胶卷，很便宜。不买就亏啦！

但是广东有非常精彩的语言。

"沙尘超"这三个字是一种典型人物的别号。

有这样一种人，每办一件小小事情却扬起沙尘滚滚，怕人家不知道，且自我欣赏得了不得。可能以前真有这么一位具体人物名叫"阿超"，或"超哥"的；而目前却常常遇见类似沙尘超这号人物。仿佛再没有另一个叫法比它更恰当的了。

北京图书馆路西的一块工地外头竖了一块木牌子，上头写着"文明现场"。老汉我每次经过免不了都要沉思一番：那"现场"现在在表演或发生什么"文明"呢？

講話和寫字都挺煩惱論

说到写牌子，三十多年前，香港标语文学的笑话可算是成筐成箩。

双层电车楼上窗框子钉着搪瓷的标语，上写：

"此车如遇有大风或势劣之风，或强劲之风，或速度高之风，请将窗子打开，便利大风通过……"（大意）

中低等饭馆或茶楼也钉有搪瓷牌标语，在每一格卡位座墙上，稍一歪头即能看见：

"如有痰涎，与及鼻涕，如有倾吐，勿弃在地……"想想看，还能有兴趣吃得下饭去？

马路边可以停车的地方写着：

"如要停车，乃可在此"。

人行横道线的地面写着：

"沿步路过"。"请行快的"。

如果没有记错的话，香港法院对犯人宣读死刑书时（绞刑），要朗读以下这些话：

"……将汝之颈套入绳圈中，悬诸架上数分钟，直至气绝为止。使汝魂归天国得主原宥罪恶消失……"。（大意）

不怕诸位看官笑话，老汉我也时常闹些有失体统的文字上的笑话，而且险情丛生。

六十年代，街道学习'九评'，居委会来通知大家要带"九评"学习文。老汉我鬼迷心窍，没想到今晚学习还能顺带喝上两盅。（编按："九评"指当时中共评苏共中央"公开信"的九篇评论。"九评"与"酒瓶"同音，故作者有此一说。）说不定有个什么国家喜庆事情宣布。便揣了个二号酒瓶在怀。到地方才明白这是个要命的误会，心里七上八下。学习完毕回家从怀里取出酒瓶，看官你信不信？那个酒瓶摸着都烫手！

笑话散论

"文化大革命"前一年，老汉我编了一本笑话，手抄成册，取名《笑话》，烦请大书法家大画家张正宇翁题了个签。大革文化命一开始，首先自焚的就是这本宝贝，鬼知道它会给专案组生发出多少罪名来，枪毙十二次也不止。

讲笑话最怕碰到老实听众。当听众也最怕老实人讲的实话。

老汉我素来不是个正经人，读不好书，唯独记笑话的记性特别强。过耳不忘。

记笑话的诀窍很简单，一听到新笑话，回家马上向老婆重复一次。一重复，等于用自己的方式重新塑造语言和结构，变成自己的东西。

亲戚朋友中有两位女士，老汉我讲笑话时最不喜欢她们在场。一位在听完老汉我的笑话之后马上指着老汉我的鼻子说：

"瞎编的！瞎编的！"其实她也笑弯了肚子。

另一位呢，爱做令人惊讶的总结。老汉我说了一个这样的笑话：

一家主人请客，饭后喝咖啡，客人觉得咖啡极好，问是如何煮的。主人说这是阿姨煮的，便请了阿嫒出来讲讲。阿姨说：“其实也没有什么好讲。我就是将咖啡放在您的袜子里煮煮而已！”主人急了：“哎呀！你怎么能用我的袜子煮咖啡呢？”阿姨赶快解释："您别急呀！我没用您的新袜子，都是用穿过的……"

刚讲完，那位女士就严肃地作了个总结：

"请阿姨，要先交代，不要用袜子煮咖啡……"

听笑话最怕老实人讲听过的老笑话。刚刚开始你就发觉这笑话已经听过一千次，而他却是脸冲着你慢慢讲来。人老实，仅仅三两个听众，不忍心拂他的好意。何况他又难得有这样一次机会。老汉我心里十分十分之着急和难过，不知道他讲完这个笑话之后老汉我如何笑法才好？老汉我实在笑不出来，但不能不笑……我多么希望到时候能笑得前仰后合；但怕不能。不能怎么办？能笑笑让他高兴高兴多好！……于是一边听，一边盘算，怜悯地装着自出娘胎以来从未听过这么好笑的笑话，脸上甜蜜的笑容既伪善而又莫可奈何……

又一次，老汉我不知从哪本书上看来一个笑话，饭后就讲给三四位客人听：

"两夫妻晚上吵架，丈夫表示势不两立，摸黑决心睡在客厅的长沙发上去，往下一躺，却躺在妻子身上。"

客人中有一位女士，听了大为生气。老汉我十分惶恐，不知道那位编笑话的是不是用了他们夫妇的材料？

"太黄了！"她说。原来如此……

这位三个孩子的妈妈前半生定是位修女。……

有的笑话的回荡感，必须几秒钟之后才能品出味来：

公共汽车上，一位粗暴的青年踩了一位老人的脚。老人说："您踩了我的脚了。"青年说："踩了！怎么样？你吃了我？"老人回答曰："不，我不吃您，我是回教徒。"

有一个善良而不会说话的青年的笑话：

一位青年跟他新认识的女朋友逛马路。他一心一意觉得女朋友长得实在好看，想找个机会赞美她，正好对面一位女青年擦身而过，他觉得机会来了，连忙轻轻地对女朋友说：

"那，那位女、女同志，比，比你还要难看！"

笑话也有内容有趣的，但大多是在语言巧妙的节奏和间架上。往往品味、格调相近的朋友在一起讲起笑话来，是最融洽不过。微妙的层次都能会意。这里有个笑话的笑话：

一个笑话俱乐部在聚会。每人站起来报了一个数，比如三十五、二十八。大家就笑得什么似的。另一个人也报了个数，却是一个人也不笑。

旁听的人问是怎么一回事？人告诉他：笑话都编了号，只要报数，大家都知道数目里包含的笑话内容。

那么，另外那个人所报的数的笑话不好笑吗？不，另外那个人报数的技巧不高！

＊　　　＊　　　＊

一个骗子将大粪搓成丸子在街上叫卖：

"先知先觉丸，一粒五块钱，吃了先知先觉！"

笑話散論

一个人买了一粒丢进嘴里，觉得味道不对：

"这么臭！是不是天粪做的？"

"你看？可不是先知先觉了吗？"骗子说。

＊　　＊　　＊

创作一个笑话比写一篇长文章难多了。画漫画的最懂得这种甘苦，一张苏联漫画使老汉我印象很深，题目叫做《首长讲笑话》。一群人围着一个大胖子拍掌大笑，圈外面两人则板着脸孔谈话：

"你为什么不笑？"

"我不是这机关的！"

老子说过："上士闻道，勤而行之；中士闻道，若存若亡；下士闻道，大笑之。不笑不足以为道。"

老汉平生细细想来，应属第三类之"士"，是个闻道则"大笑之"的人。老汉我一笑，就更显得"道"这个东西更有道理，而老汉我就十分之没有道理了。

说实在的，老汉我时常无中生笑，无事生笑，笑不可仰。且为此常受到白眼，受到"嘘场"。最危险的一次是在交道口看参考片。

老汉我是有生以来头一次看参考片。老汉我从来不知参考片为何物，是侄孙送来红票一张，上写二元二，楼座，一排。看在楼座、红票、一排和二元二的分儿上，相信是个好东西，便从家里费了两个时辰来到戏园子楼上一排坐定。

开演之后，原来是个真正的西洋镜。片子所演，无一个中国人，无一句中国话。所穿衣服，薄的薄到没这么薄的；厚的厚到只露出一对眼睛。女的长得跟另个女的一模一样，男的长胡子的一个样，没长胡子的也全一个样。就这般情景闹了又是两个时辰，说是散场了，老汉我像上澡堂子泡澡全身湿透而出。

论看参考片，也不至于全身湿透。湿透原因在于老汉我几次之大笑。

参考片老汉我看不懂，并非人人看不懂。大半场年青观众看此片均十分入味，该笑之处全都大笑起来。笑声十分默契齐整，令人佩服羡慕。

众所周知，电影园子黑暗十分，伸手不见五指。如此笑声，定是参考片中确有许多堪笑之处，而又为懂洋话之看客所理会。如在青天白日之下，老汉我看人脸色而跟着笑将起来，也是勉强办得到的；可惜黑暗之中配合跟随不上，自感特别没有面子。为了挽回自尊心之式微局面，开动创新头脑，瞄准几段估计大家会笑将起来的场面，鼓足丹田之气，喷薄而出：

"哈！哈！哈！哈！"

难以逆料的是此处此段大家并不想笑。老汉我之笑声响则响矣，惜为一人之声，孤独无援到了极点，仿佛拂晓报鸣之哑嗓子老公鸡，仿佛鲁迅翁所描写之"夜游鸟哇的一声飞过去了"，登时十几盏手电筒齐齐照射过来，老汉我头脑为众光所照，而千百双愤怒眼睛亦扫向我老汉之头颅，并报以"嘘"声助兴，如此者五……

余笑原不干人而干人，得此奇耻，奈何奈何！

回到舍间如实向贱内汇报，云花了二块二得到一场嘘。贱内此老太婆十分残忍，从小养成幸灾乐祸恶习，闻听之后居然曰：

"笑啰！笑啰！再笑下去有你好看的！"

说到贱内，不免话长。此婆年青过门时尚看不出有何能耐，五十以后逐渐露出苗头，书中云人有"更年期"之混乱阶段，而此婆之"更年期"特长，活到如

下士聞道則大笑記

今七十五岁，二十多年来几乎天天"更年"，日日冷嘲热讽，中气十足，极少整修。

老汉我见怪不怪，习以为常，且此婆数十年来身怀包饺子、和馅绝技，爽、滑、鲜、糯，无与伦比，古语云："糟糠之妻不下堂"，新语云："要看人长处"，又此婆极懂"安内攘外"道理，把我弄得服服帖帖之后，对付同院住户之"敌情"才无后顾之忧，才无鲁迅翁所发明之"横站"战术对付腹背受敌危险之必要。所以其在同院妇女中之年龄、口才、气势、威望都是没有说的。故老汉我多少年来得此庇萨安居乐业并非没有缘故也。

看过参考片受到教育之后，自知理亏，钻入被窝两句钟重新出山时已晚饭时候，吾家领导菜饭早已做产，老汉我捻酒一杯，呷一口酒看一眼电视；老婆子则扒一口饭看一眼电视，几乎不用夹菜。

电视正播某大酒店开幕典礼新闻，领导剪彩，演说，握手，坐，起；又握手，又坐，又起；再走，再握手，再走，进另一大厅。

大厅里陈列纸墨笔砚文房四宝于桌上，桌长二丈余，上铺毡毯，四位长相不同年龄不小，身着西装之体面人物走上前来，各人抢笔一支，站定岗位，画将起来。真正是田子方上所说："舐笔和墨，在外者半"，热闹非凡。

老婆子啧啧赞美曰：

"瞧人家多洒，简直是'游龙戏凤'！"

老汉还来不及纠正此婆之语病，老婆子接着又说：

"这几个人俺认只，隔十天半月的都上电视台露一下，又写又画，说是个值钱东西，一张论不定千儿八百的。等着瞧吧！写完画完就得换地方吃喝了！"

话没说完，画果然完了。大家鼓掌，除服务员之外，满场都笑。老婆子又说：

"请那么多桌的客，两方都蚀不了本的；俺清楚，一方得吃，一方得画，都不心痛。不像你这个老悖时的，成天不是捧着个一毛八的香片茶壶，就是二毛四的白干酒壶，遛鸟打蛐蛐，白糟蹋八十多年粮食。"

"是吵！是吵！我没出息。您不能让咱们全国十亿人都过神仙日子嘛！人人都是神仙，谁来弄吃的呢？……"

"哚！天上神仙用得着种地吗？亏你还算个读书人！俺现在告诉你，别给我犟嘴，有本事明天你给我参加'吃喝队'去！"老婆子火起了。

"什么？哈哈哈！你说什么？"我放下筷子惊喜万分，老婆子创造了个新名词。

"什么什么！我叫你有本事参加'吃喝队'！"

"哈！哈！哈……我说老婆子呀老婆子！您可是真有能耐，今天老汉我非大笑一场不可！老汉我豁出来了！……"

"笑！看你笑！看不把你个老不死的笑死！"

论画家和打屁股之辩证关系

前日于王府井遇一多年不见之画家小朋友。乍见不问寒暖，只顾唉声叹气，老夫以为目下太平年月，运动早已停搞，必定其家有人投河跳井或撞车服毒，不然何来如此苦况？

都云不是。

甫行至北京画店橱窗面前，忽然此小朋友哀声大起。登时围上满满一圈人。老夫料想不到，手足无措，忙拽其右臂，捉其腰肉，如擒扒手然，逸至一活胡同后左转右弯，历尽艰辛，方抵达老夫之公馆。彼则一路不断高呼悲壮昂扬口号曰："如此活下去，不如死了好！"不止，令老夫十分难为情，怕路人误认老夫为"雷子"。

老夫扶其坐于手制之小马扎上，泡家藏福建安溪之铁罗汉酽茶一小壶为其醒脑压惊，一句钟后其神定，问其何事悲哀若是？答曰：为画所累。

老夫曰：

"画者，美事耳，老夫穷一世之力，画不成整只麻雀，练不成半手颜字，求人来舍，白贴两斤二锅头，一斤猪头肉殷勤招待，喝干吃尽之余，昂头便走，从未开口要老夫一张字、半幅画，使老夫周身不得舒展，毫无文艺面子可言，老夫尚忍死偷生，嘻嘻哈哈活到今日。尔如今小小年纪，车马盈门，来往都是大小首长，文化嘉宾，港澳财主，东亚猛人。三日一小宴，五日一大宴，胜似关公吃遍曹操；零墨残片，都像喇嘛出恭，拣来尽是神药。规格如此之高，居然还叫出苦来，情愿舍命，是何原由？"

画家嘤嘤答曰：

"老丈听了，小生天教聪明，二十代祖传血统秘方画家，短短数年，经营筹谋，已经活脱一个人物。只是最近文人雅士涌然而出，有如《镜花缘》中淑士国气派，爱画成风，势不可挡。小生之电话一日达五十四次之多矣！

"早上来电话云：某公生日，请作一寿星……

"中午来电话云：小女出阁，请作和合二仙……

"晚间来电话云：某公升迁，请作福、禄、寿三星为贺礼……

"半夜来电话云：某钢铁厂开幕，请作四大金刚……

"天没亮来电话云：第五儿子考上大学，请作五子登科……

"早饭时来电话云：明日出发旅游，六上黄山，请作黄山图……

"中午来电话云：新油漆一大立柜，请作七仙女为纪念……

"下午二点来电话云：深圳朋友旅游社开幕，请作八仙过海为贺礼……

"下午五点来电话云：买了一瓶好酒，请画太白醉酒图……

"晚上九点来电话云：新添一孙，请画百子图……

"半夜来电话云：明日召开全国技术交流大会，请画八百罗汉图……"

语至此，遂泣不成声……

论画家和打屁股之辩证关系

老夫抚其背曰：

"勿悲勿悲，智者善于节哀，少哭两声，无人论尔缺乏感情。尔微时端赖此辈烘托渲染，岂能忘之？况乎因缘果报，团圞回环，随时效应，绝不容情。周郎打黄老，双方原先恳谈妥当，哥们义气，自选市场，岂容翻悔？

"求疵于贤长，君子不为也。"

画家哽咽曰：

"黄盖虽挨打，究竟一辈子只是一回，若朝朝升堂打屁股，铁盖亦打碎矣！……怎吃得消？"

老夫语塞。

诗曰：

　　　丹青诚可贵，名利价更高。
　　　猛人常常要，岂不很糟糕？

酒论

古时候有个笑话，说一个酒徒半夜做梦捡到一壶黄酒，兴奋之余要找个炭火烫热了喝，东找西找这当口醒了。可惜地说："嗳！其实凉着喝也是可以的嘛！"

老汉我一辈子不喝酒。几乎是滴酒不沾。咱家老婆子却是喜欢来上这么一二两的。吃饭的时候面对面摆上两个杯子，她还要假仁假义地给老汉我倒上这么一杯又一杯，来来回回结果都是她一个人把二两酒玩完。

老汉我不喝酒却喜欢买酒。几十年来替老婆子上铺子打酒成为习惯，由被动蜕变为主动。逢年过节，就心痒痒想买两瓶酒送人。见人喝酒老汉我就说不出的高兴。真像古话所说"如同身受"。

"有客常同止，取舍邈异境。一士长独醉，一夫终年醒。醒醉还相笑，发言各不领。"老陶的这首诗后两句，的确描出了酒徒的规模神气。到了"发言各不领"的境界，简直是跟当今开长会水平差不多了。

"尧非千钟，无以建太平……"话说到这种程度，端酒上纲，直透政治；孔融说曹公，要不是酒瘾发作，怕是没有这么大的胆子的。

前几天在西郊三里河像卖贵州酒的铺子里见到"匀酒"。三十多年前老汉我上昆明办事，那时候要走广西金城江搭汽车经贵州都匀、贵阳才到得了。经过都匀时车站就卖的"匀酒"。老汉我图的是那种口小肚大的方方的陶罐，尤其那小小罐口用猪尿泡皮这么一扎，便万事妥当，滴酒不漏。外头还妥妥当当用竹子编成了箩筐保护起来，十足的极有特色的民间风味。到北京，送给一位爱酒如命，遗嘱写定死后用大玻璃瓶装满茅台或泸州特曲，把摆好姿势的遗体泡在其中的朋友。他一喝之下，大叫此酒只应天上有。从此之后，事隔三十多年，铁路也通了，都匀给甩在铁路线远远的地方。两人见面时总不免哀叹当年之美酒不可再得，诗云：

匀酒一去不复返，此处空余陶酒坛。

所以在三里河见到牌子上有"匀酒"发售，此种如见旧友之感情，非笔墨所能形容。老汉我连忙奔进店里，走近柜台，站柜台的是一位长相极温柔可爱之年轻姑娘。老汉我连忙说："同志！同志！请你给我来两箱匀酒！——你知道，老汉我三十多年前经过都匀时买过此酒，送给好朋友喝过。他说是天下第一酒。你知道，老汉我不会喝酒，老汉我只爱买酒请人喝。老汉我之朋友喝了匀酒之后，三十多年还认为没有第二种酒可以和它相比。当然，当然！这是他个人片面看法，片面即不全面，不全面讲错话也是有的；不过老汉我之朋友的确说过这番话。老汉我跟他几十年交情，今天见了'匀酒'不给他倾家破产来两箱就不是

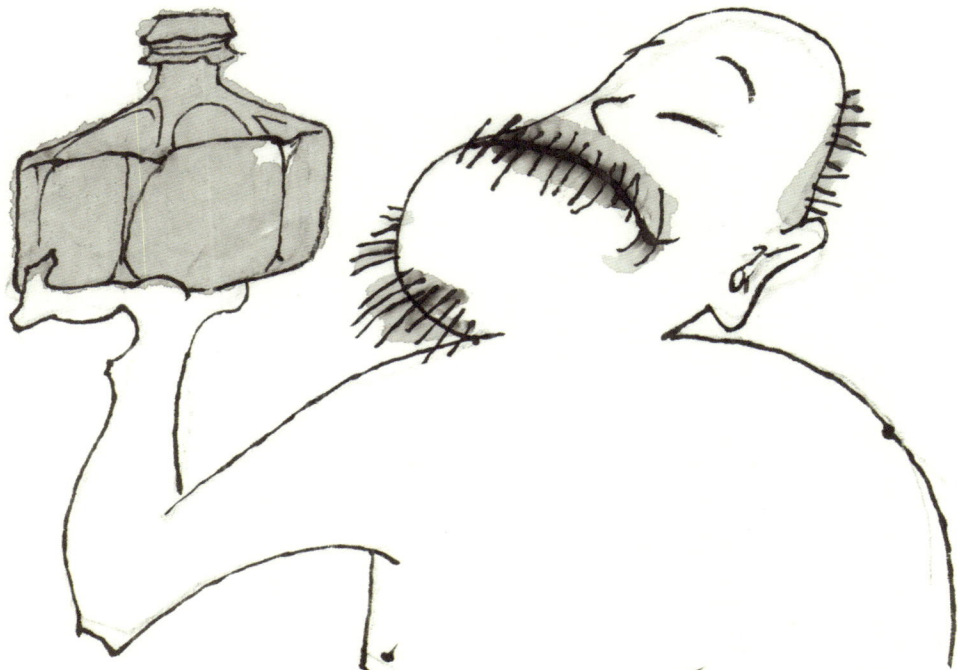

酒論

东西，所以请你给我两箱。老汉我是滴酒不沾，一沾马上就躺下睡觉，不哭也不闹，到明天天亮才醒得过来。不过，老汉我之朋友喝一瓶也不醉……"

姑娘的眼睛睁得挺大，像医院急诊室大夫看着发烧病人的诧异表情。接着老汉我又说：

"同志！你卖给老汉我两箱，老汉我给'勺酒'作义务宣传员，给它扬名……"

"不用你宣传！我卖都卖不够！"姑娘说起话来，使老汉我觉得好像犯了错误，便连忙改了话口：

"……好！不宣传就不宣传，对！好酒不用宣传，人闻了好酒就会爬过来！请你卖给我两箱……"

幸好这姑娘心里慈悲，了解老汉我之心情，原谅老汉我讲了不该讲的良心话。真卖了两箱"勺酒"给老汉我。老汉我登时一股暖流通向全身，两手抖个不住地付清了酒钱，扛了两箱"勺酒"凯旋回府。

酒能如此使人激动，尤其是能使老汉我八十多岁的、滴酒不沾的人如此激动，当初以为老汉我是天下第一个发现者，自以为是酒中之哥伦布，殊不知非也！非也！大谬！大谬！

前几天遇上一位新型"包打听"、消息灵通人士说道，贵州某著名酒厂的负责人到了北京，去迎接的就有近十个非常权威的机关单位代表。尤其令人遗憾的是，原来邀请的那个单位来迟了一步，让另一个更权威的大单位把那位负责人抢走了。于是所有接不着酒厂负责人的机关单位回去之后的那种失望情绪，再怎么塑造都不会过分的。

好酒如此，好客如此！老汉我哪里比得上？

世上往往有如此稀奇之事。一个人，一件东西，一尊神灵，往往都是人自己尊奉起来的。

老汉我如是那个人，是那件东西，是那尊神，就会非常多谢所有人的厚爱。其实不然，其实往往颠倒了过来；成为神的人就会真的以为自己老早就具备让人们膜拜的条件了，而且慢慢地行使起决定人类命运的权力来。原来虔心尊奉的那些人倒是非常心悦诚服地在继续天天念经，甘受决定。

酒啊！酒，您怎么这么有意思啊！

　　某市举办"蟋蟀大奖赛"，老汉我闻讯之后十分佩服及拥护。或问，为何如此佩服，如此拥护？答曰，从缘起文告至具体措施均令老汉五体投地。请看：

　　"……十一届三中全会以来，百废俱兴……"

　　玩蟋蟀能与十一届三中全会挂上一个牢牢之钩，且定为百废俱兴中之一大兴，我老汉活了八十二岁，一辈子闲手闲脚，精通的就是遛鸟玩蟋蟀这一门。这一门打我老汉五岁起到现在，被爷、婆、爹、妈、伯、叔、姑、舅、邻居、街坊从来看作歪门邪道，不是正经活儿。我老汉灰溜溜抬不起头过了一辈子，没想到火葬之前翻了一个大身，给我老汉玩了一辈子的玩意儿赋予政治靠山。能不拥护？能不佩服乎？此其一。

　　全国一片大好形势，四化建设热潮之中，某市首先提倡大斗蟋蟀，必定是所有建设任务都已提前完成，远远超过全国正在火红热烈的其他城市。由于差距太大，再不原地踏步，再不谦虚谨慎少安毋躁，一味朝前直奔，就有陷入孤军深入的危险。稳定全市人民之积极性是一种高级的领导艺术，"蟋蟀大奖赛"即其一也。

　　试问，某市全体人民都有宽畅安全之马路可走，

贺某市举办蟋蟀大奖赛

卫生舒适之房屋可住，老有所养，幼有所教，不患排队买不着东西，不怕上班挤不上电车，人人面带微笑，个个举止安详，既已充分证明市民数年前所顾虑、所担心、所忧愁之开门几件事都已彻底解决，辩证地发展了"与人斗其乐无穷"，为"斗蟋蟀，其乐无穷"，突出一个"斗"字，移"人"为"虫"，用心精微周到，大手笔也，不玩蟋蟀更待何时？此其二。

此间或有不明事理之扫兴个别分子穿插入来，口中大唱反调，动向颇新，云建设，云房屋，云副食百货供应，云交通，云水电，云文化教育尚未如何如何……目之为"身在福中不知福分子"，可也！无须多加理会。

我老汉兴奋之余，建议如下：

一、按南方城市选举"市花""市鸟"规矩，推选蟋蟀为某市之"市虫"。大奖赛大会期间，来宾一律穿着规定之礼服（男礼服后摆为二叉，女礼服后摆为三叉），否则不准入场。

二、文告中所云派出二百名精壮干部奔赴山东、河北、江苏、浙江各地收集良种蟋蟀，诸般行动，我老汉认为气派太小，且眼光太浅。

须知蟋蟀大奖赛与国计民生及开发事业关系甚大，苗头极足，区区二百人，区区四省，成何气候？

建议改二百人为十亿人全国大串连，简称为"蟋蟀行动"，条件成熟后，可扩展为全球大串连，人数可考虑扩展为四十亿。简称为"蟋蟀跳跃行动"。

计划如付诸行动，则全国山河，继之全球山河一片沸腾，十亿、四十亿人个个行动起来，登高一看，轮船、飞机、汽车、火车……密密麻麻，里根、戈尔巴乔夫及各国火辣人物均在"蟋蟀跳跃行动"串连队伍之中。你来我往，如此这般，可以想象，旅游交通事业将得到如何之发展？外汇储存之口袋将如何之饱满？两霸巨头亦耽溺于蟋蟀大串连之中，满口"全尾全须"，不再高谈"星球大战"矣！

三、建议全市每人免费配给六节电池之大手电一具，晚上六时以后至明晨六时天亮之前，十二小时内男女老少全体出动至大街小巷，房前屋后，墙根檐下各种黑暗角落探照蟋蟀，并有权在明晨上班时间至蟋蟀收购中心洽谈收购事宜，不算迟到。全市人民动员，彻夜不睡，见缝插针，则特务小偷亦无处藏身遁形矣！寓保家卫国于娱乐，乩了敌人，好了自己，可称两便。

四、应于短期内成立"蟋蟀贸易中心"、"蟋蟀学会"、"蟋蟀大学"（简称"蟋大"）、"蟋蟀学报"、"蟋蟀技术交流中心"。并举行"蟋蟀进行曲"词、曲大赛。并进行征求会标、会旗诸种活动。

诗云："宿雨清畿甸，朝阳丽帝城。丰年人乐业，陇上踏歌声。"升平景象，庶几近之。

俗话说，"世上无不散的筵席"。"满汉全席"充其量也没听说过超过十天十夜的。总要散伙，总要休息。人嘛！总不能做出不是人的事。

慈禧太后吃好东西成为习惯。逃八国联军之难时，在路上吃了窝窝头，把味道当作是王母蟠桃。到得回来，再想起那种半路上的窝窝头，御膳坊用栗子粉、蛋黄……精制了一些小小的呈上去，也就再没听说老佛爷品尝后的指示了。

老汉我有个广东青年朋友，对北方生活的一枝一节都发生兴趣，首先他就讨了个北京女孩做媳妇。他说：

"我、好、中、意、齐、八、荒、的、枣、子、啦！"

那意思就是说他喜欢吃北方的饺子。

有一次上"仿膳"参加宴会，带回几粒小窝窝头，他就说：

"人、家、说、八、荒、的、窝、窝、条、很、不、好、齐、啦！我、看、啦！其、习、嘛！很、好、齐、嘛！我、天、天、齐、都、欢、喜、啦！"

他说人家都说北方的窝窝头不好吃，其实是很好吃的，他天天吃都很喜欢。

这小子根本没见过真窝窝头。

其实北方城里的青年也有没见过窝窝头的，就认真地向老汉我请教，窝窝头中间那么大的洞是干吗的？老汉我一时还真答不上来。

咱先不论东西好坏，吃多了换换口味也是有的。

咱们乒乓球队足足稳了二十五年，这下团体荣誉让别人端走了。好过吗？当然大家都不好过，不过有益。这是老汉我看电视难过痛苦之后的一点体会。

人生在世，哪儿有回回都当第一？一辈子都当第一，就像韩复榘所云：

"大家都靠左走，那右边谁走呀？"

你总得有一天不当第一的。天下人就是这一点想不开才生出许多乱子来！

前些年，可能是看乒乓球年年得第一腻了，就生出一个主意，要咱们乒乓球得第一的让球。就像吃甜东西腻了想来一点酸的。换换口味，明里看来客气，骨子里却十足的自高自大。万一哪年哪月输了您还让不让呢？或是到那时自己输了球再求别人让您？那时候人家不让怎么办？既是比赛，又要来回倒着让球，弄得颠三倒四，"搅得周天寒彻"，岂不是把别人和自己都搅乱了？这不免使我想起宋朝那位陈简斋先生的两句诗来：

"剩倾老子樽中玉，折尽残枝不要春。"

春天来了，明明是令人高兴的事，却又把开花的树木糟蹋得一塌糊涂，简直让人狼狈徘徊，左右为难，无一是处。

幸好这种日子"黄鹤知何去"了。那么，大家都明白，人生在世，不管干什

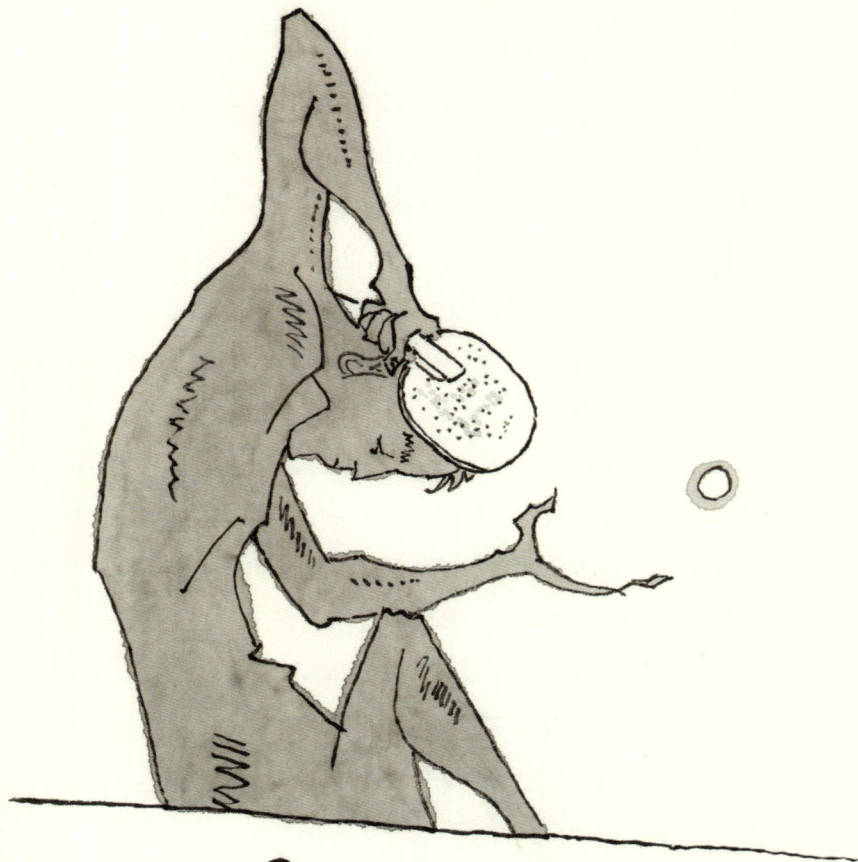

输球有益论

么，输赢的事总是时常轮着发生的。如果把赢的机会抓在手里长久一点，那就不止是个豪杰，而且还一定是个德才都很全面的人。

老汉我倒是时常想起从未见过面的一群可爱的姑娘们的。她们长得不像目前时新漂亮姑娘们那种样子。好多年前第一次在电视上看到她们，那时候老汉我评价好看姑娘的标准十分俗气低级；老汉我就觉得她们应该长得好看一些，她们还不够好看。日子长了，老汉我的审美观也长进了。就觉得从她们个人身上、集体身上，看出了一种前所未见的美感，一种崇高的素质的美感。从此以后，她们一丁点儿言行举止，都使老汉我艳羡到唯愿哪怕是有半爿这样的女儿都好。

从她们身上想到我们全中国人的道德远景。

她们就是人人熟悉的国家女排的队员们。

老汉我时常听到另一些年轻人小小地干了一点活儿，嘴巴皮子就嚷破了，说自己累得像个"爷爷"了。（原来应该说"累得像个孙子"，但他们不想随便让人占便宜，抢先做了"爷爷"。）

回头看看女排的锻炼，想想看，人的能量潜力能够发挥到什么程度？都像她们这么干，咱们的"四化"会通畅到什么光景？

报纸上登了郎平最近说的几句话，提到成为一个运动员的条件时，说到其中的一条：

"道德"！

一个运动员提出了"道德"问题，真令老汉我为祖国干杯。

咱们的陈毅陈老总这个人，老汉我觉得历史对于他还缺少全面的认识和评价。

总把他简单地当作元帅、副总理、外交部长来看。他的朴素的品质，做人的韧性，还有他蕴藏甚丰的文化见解，都被那些大官儿的称号和功绩湮没了。

有一件事是老汉我亲自有幸听他摆过的：

"……那一年我跟周总理到印尼访问，印尼的元帅、将军清楚我曾经是个当兵的，就问我："陈毅元帅，人说你是个常胜将军。能不能告诉我们打胜仗的秘诀？"我就说："打胜仗这种事嘛！倒是有的，"我悄悄告诉他们："打胜仗的秘诀就是我也打过败仗！""

打败仗比打胜仗宝贵得多。打败仗比打胜仗令人聪明得更快。打败仗是打胜仗的源泉！

老汉我这里祝贺啦！乒乓队的哥儿们！

贺丁聪新居为大水所淹

丁聪画家，虽年近七十，为余之好友。

众人呼近七十岁老翁为小丁，因其家以前尚有一老丁爸爸在也。老丁长余十余岁，为余之忘年交；余长小丁十余岁，亦为其忘年交。余称老丁为兄，小丁称余为兄，而小丁不称老丁为兄，如此交叉，皆是当然之事。世事奇妙有趣随手可扪。

小丁之称，半世纪前即如此，沿袭至今，如商店老字号更改反为不便。

小丁半世纪之脾气，亦从未见其改过。懒洋洋，慢吞吞，摇摇摆摆而来，摇摇摆摆而去。嗓门奇大而行腔横阔，说悄悄话亦与喊口号无异。小孩及年轻女孩多愿与其游玩，因其好脾气好相貌之故也。

小丁与袖珍小生迥异，白而宽，宽鼻、宽嘴、宽脸、宽体，人一见即知其为闲闲君子，"世事无一事不可告人"，故世人均爱小丁之坦荡，而小丁亦常因坦荡上当吃亏。

小丁一头黑发，因从不烦恼故也，能吃能睡，不挑嘴不挑床，不管何处，端碗就吃，倒头便睡，此之谓小丁风格。

古人谓："慢工出细活"，小丁之画，慢而细，人所皆知。平时撒开两腿坐于矮板凳上大聊闲天，开讲八小时换一口气不算好汉则世人少知。小丁一生就在这"慢"字上狠下功夫。

小丁命数亦一切皆慢。三十多岁方娶小丁嫂，一慢也；"反右"多少年后方落实政策，二慢也；"文化大革命"多少年后方平反，三慢也；住小屋数十年近日才分配到楼房，四慢也。

最后一慢实为诸方友好多年关心之大事，一旦得标，莫不喜同身受。

人问小丁尔住屋如斯之"迷你型"，多年为何不叫不嚷？小丁答曰：成天嚷嚷，没意思来唏！人有人的难处，该来就自然会来嘛！

这一回果然就自然来了。

小丁前几个月得到了新居钥匙，近月不见踪迹，足见乔迁喜讯已十分落实。昨得范姓朋友电话，谓小丁大事不好，新屋为自来水所淹，书籍画件全成鱼鳖，且个个冻成大冰砖，如刚出冰库之冻鱼冻虾，小丁一生心血，化为泡影。此乃小丁慢工出细"祸"也，呜呼！

余听后大喜，小丁搬家有如此转折变化，不愧为从艺五十余年修行之结果也。

小丁一生，"粗祸"成箩，而"细祸"则不多见，此番得祸之细，使小丁下半生不愁没有回味材料矣！此第一喜。

夫水者，本身已包含大喜之事，粤人每给钱财施以爱称，呼之为"水"。如"磅水"即付钱的意思；"整几尺水来"，即弄几百块钱来的意思；"紧水"，即钱少得着急的意思。如今小丁之新居尚未住人，仅仅把画件画册书籍搬进地面，而汪洋之水汤汤而来，不须人请，全系自发，而水表纹丝不动，此全无蚀本

賀丁聰

新居為大水所淹

可能之来财现象，象征性不验自明，乔迁之后，小丁未来之生活，将全部泡在水里（即泡在钞票中之谓）。此二喜也。

全部画作原件、全部画册、全部书籍均冻成冰块更是令人艳羡，原由于天公忽然作美，乘小丁搬家之际，将气温调至零下十四度之适当数字，使小丁之全部文化财富得到一次彻底消毒，除尽污染。小丁并不知自己私房货到底有多少程度污染，有如凡人不知自己嘴中有多少细菌一般。此番一冻，不管知与不知，无须显微镜切片检验，一律解决。此第三喜也。

唯一遗憾的是小丁那晚上不在现场。如果小丁搬书搬画之后，倒头困之于书画堆中，第二天天大亮之后人们发现与其书画冻在一道，则主观客观之污染状况一扫而光，岂不十分妥当？

坡翁词云：

……人有悲欢离合，月有阴晴圆缺，此事古难全。但愿人长久，千里共婵娟。

十全十美的事是不可能的。有了新居，来了财气，除了客观污染，应该满足了。

人生在世，善于节哀，是一大修养也。

山是山，洞是洞，树是树论

什么都各有什么的样子，比如人，就有人的样子，树，就有树的样子，山就有山的样子。

旅游业发达了，名山大川都开放给国内外有兴致的游人欣赏。

老汉我到过黄山，上过南岳，爬过泰山，游过桂林。爬山进洞，讲解员都喜欢告诉老汉我，这山峰像仙人下棋，那山峰像猪八戒吃西瓜，进了洞，讲解员又耐心地告诉老汉我，这钟乳石像织女，那钟乳石像牛郎，织女解放后进纱厂当工人去了，牛郎开拖拉机去了……老汉我就表示不愿听。也不希望原来的山变成下棋的神仙，变成猪八戒，变成牛郎织女。老汉我要看假的神仙、假的牛郎织女，干吗花那么多钱去那么远的地方呀！买本小人书躺在老汉我舒服之炕上即已解决。

老汉我为看山而看山，为看洞而看洞。

坐在山巅上，脚下万丈深渊，对面群峰涌起，使老汉我产生"不是滋味胜似滋味"的感觉。不具体，不说明意义内容。抽象到了极点。要想，也不是想那柴、米、油、盐，而是产生雄奇、伟大、伤心、悲愤、静穆、空灵……这些吃不着，摸不到的感觉。在人堆里待久了的人，到山上，到水边去受点这种"抽象教育"，再回到人堆中去生活，就会聪明好些些！

老汉我奉劝那些名胜古迹的解说员改变一下解说内容。老汉我又不是三岁娃娃，你说它像什么，老汉我能信你吗？是不是？宝贵的山，宝贵的洞是因为它们生长得雄奇古怪，别处见不到。山形山势不是它像谁才宝贵起来的。

你像我，我像你，大伙儿像成一团，像到不能再像，像到连老婆也认不出丈夫那么像，结果，又有什么了不起呢？

老汉我前好些年喜欢自做烟斗。那些日子里做烟斗消愁解闷，最合适。做一个起码得花上十天半月时间，忙起来，连斗争会，被人打、砸、抢都忘了。

这时候就交上不少上山挖"麻雷疙瘩疸"的朋友。老汉我做烟斗讲究的是个"形"，一个滚瓜圆的"斗"，该配上个怎样的"把"和"嘴"，有时一琢磨就是一整天。

而那些朋友呢？成天琢磨哪块木纹像蛟龙戏水，哪块木纹像八仙过海，忙到那条道上去了。弄到一个烟斗足足半斤重，全是所谓的麻姑上寿，雄鹰展翅，不亦乐乎。说到像什么，也只有自己指点给别人看时才明白。看的人碍于面子，只好唯唯诺诺地认为的确自己也看到了。

"像"什么，并不是大不了的事，只是现在的名山名峰，都让人给瞎起了像什么的名字。听了这些名字，老汉我今年八十有多，肌肉很少，却都连肉带骨地"麻"起来了。

给名山起名的来势很猛，还要刻石，一下子怕扭转不来，没有办法。

山是山，洞是洞，樹是樹論

树就是树。长得雄伟，长得清奇，绿叶青葱。单有单好，丛有丛好，自是另一种景象。老汉我也只喜欢像树的树。把树剪成动物或别的器皿杂物形状，间或有几株倒也不妨，增加公园的情趣。只是不能全弄成那副样子。要知道，树不像树的时候，要它还原可就难了。

龚定庵这个人，老汉我十分欣赏佩服，诗好，见解高超，有别凡响，除了他生了个当翻译的混蛋儿子龚半伦带着英法联军烧圆明园之外，别的没有说的。

龚定庵有一篇《病梅馆记》的短文章，说的是见卖花人将梅花绑得弯弯曲曲到市面上换钱，心里难受，恨不得有多钱将天下受摧残之梅花尽释其绑，令其恢复正常生长顺序，自然发展……

言外当然有别的意思。他既然写过"我劝天公重抖擞，不拘一格降人才"的诗，对于"病梅"的同情自然不在话下。

老汉我几次的声明自己是个胸无大志，不属于龚定庵笔下要挽救的那种有出息的病梅。没有志气的人之见解自然与有大志的人之见解不一样。老汉我之见解认为文人如我者，要笔杆立志救世济人，改变一点什么，作用好像不大。比如老汉我要立志救《新观察》杂志，《新观察》之社址及编辑部都急需人挽救（其详情请各位看官参阅老汉我之《〈新观察〉杂志社一日游》一文），他们数十年蛰居"窝棚"工作，爷儿哥们星散复聚，令老汉我涕泪交流。奋然跃起，狂歌唐人诗句，"十年磨一剑，霜刃未曾试，今日把示君，谁有不平事？"

狂歌完毕之后，仰瓦顶长啸三声，忽觉肚内隆隆然如天外春雷由远而近，知系自早至此刻只顾为文而忘了吃东西。老妻外出，一去半天，财经大权操于彼手，钱柜锁匙自然牢牢系于其贴腰裤带上，别说大白天，就算彼半夜三更于床上由南至北翻身时，亦顺手摸摸锁匙在也不在，如此警惕，老汉我囊空成为习惯，从不羞涩矣！俗云"狡兔三窟"，老汉我留有后路，即《新观察》"吴世茫论坛"之稿费是已。老妻从不知老汉我写文章。此人乃系天生不读书不看报之怪物，故此黑钱从未上缴。急忙上传呼电话站去呼急求救：

"《新观察》老编！十万火急，请救老汉我吴世茫于水火，预支稿费五元，得免流落长安道，成为饿殍。若蒙应允，老汉我当即刻起早前来……"

挂上电话，慌忙动身，顾不上是株什么梅花了。

老汉我天生好学，出口成章，通体文雅，见面之后，由不得人不信。

老汉我身处市井，然常与天分极高之才人时相聚会。如老汉我之同宗，早年之"神童"，近年之"神翁"，吴氏韶·祖光即其中之一。

咱俩可称得上"三同"之交。三年自然"非人工"灾害时期，咱俩家同挨；大革文化命时期，咱俩家同鳖；斗争堂会上，咱俩演出同台。

吴氏韶·祖光胆大包天。斗争堂会第二天咱哥儿俩邂逅于"反帝医院"，他悄悄告诉我："昨天的堂会怎么才二十分钟，还没过瘾咧！"

我的天！经他一说，吓得老汉我全身热汗，不用挂号病也好了。

那时七老八十的人，一天赶十场八场堂会算不了什么！

好友吴氏韶·祖光最近发表一篇见解，说新修整之琉璃厂如何如何之不好，如何如何之使他生气。老汉我读其文章之后也生发出一种感想，这感想跟老友吴氏韶·祖光之感想见解完全相反。老汉我觉得新修之琉璃厂十分之好，好到还可以如此这般地再盖它几条街，因此也使老汉我十分之高兴。

在老汉我还是旧中国之"祖国的花朵"时期，家严常携老汉我上琉璃厂作"横向""纵向""信息"调查。那时的琉璃厂是凑合着一间搭一间盖起来的。旧是旧，破是破，只是没个什么规矩章法，缺着点"名胜"与"文物"的物质基础。屋跟屋之间空着的地方就长草，一些破砖烂瓦堆成的角落倒是给人们以种种想象得到的方便所在。

要是没见到解放后修整的场面，没见到这两年大加整顿修饰的新琉璃厂，老汉我见识浅，原先老琉璃厂那副架势，其实也就可以了。英国某诗人写过两句诗："我还以为来到天堂咧！原来这是地狱。"

有了前后的比较，老汉我觉得还是现在好得多。真正要是能保持整齐、美观、大方，加上细心爱护，年年修理打扮，直到几百年成为"文物"，那就会一直好下去了。

吴氏韶·祖光说琉璃厂太新，颜色不好看。是的，刚打扮的东西总是令人看不顺眼；比如老汉我坐在剃头挑子板凳上每月一次的打扮，回到家来，不免令老汉我之"贤内助"嘲笑一番。那一点原味给洗刷掉了。脸上的汗毛，泊润的肤色没了。其实这明明是不打紧的事。过几天老汉我之"风神"又会恢复原样。新琉璃厂跟老汉我之头面一致，经过一段时间，就会生意盎然起来。

老汉我细细寻思，其实咱哥儿俩的看法是一条道上的，没啥你死我活"真理不辩不赢"的鸿沟。

吴氏韶·祖光所担心的只是怕新琉璃厂走了味儿，走了精气神；有如蒸好一

新琉璃厂就是好：就是好论（旧琉璃厂写生）

罐汽锅鸡让人偷偷把原汤原汁喝了，掺上两勺水，还当作真家伙请客。他口味高，宁愿喝白开水也不领这份情。

说到一个东西的"原味"讲不讲究，可真是一种大学问。咱们与其说"民族形式"还不如说"民族风味"更好。"形式"这玩意儿还只是一个整体的半爿，另一半爿的"内容"就没有说到。而"味儿"倒是包括该讲究的全部了。

为什么老汉我要这么说呢？新琉璃厂盖出来，还只是"形式"那一半爿。"内容"呢？古董文物陈列品、仿制品，各文房四宝……诸般杂品，一也，值得保存和恢复的那些生活情调，走累了可以坐下来喝喝茶的茶馆，豆汁铺，饿了解馋的炸糕馅饼……一也；过去琉璃厂的服务态度亲切，体己，走家串户，送货上门，如王渔洋、黄侃、鲁迅、郑振铎、胡适、徐悲鸿、齐白石诸老跟琉璃厂的交情。此一也，是琉璃厂的核心，是神韵所在。加上咱们的革命社会，破除了旧习气，黑势力，原本是可以做得特别顺手，更有人情味。可惜，如今为了赚外汇，搞活经济，把原来最值得称道，最令人神驰，是咱们翘大拇指的重要文化基地之一，降格为光为"揩油"的商场，不免令人伤怀。弄文的朋友谈到这里，都义愤填膺。新琉璃厂搞经营如荣宝斋、宝古斋……的朋友们也都在为两全其美大动脑筋。且踏歌曰："光赚钱，不长学问，不好玩。"再也不能继续下去了！应改为："又赚钱，又长学问，又好玩！"

大革文化命末期，老汉我上琉璃厂西街路南的一家碑帖铺站了站，瞧瞧玻璃橱窗里的拓本。其实那些玩意儿也不是什么稀罕宝物，集圣教序、九成宫之类。来了个蓝衣人：

"在这儿干什么？"

"您问我啦？我这不是在瞧字帖吗？"

"别站这儿！里头有外宾！"

"老汉我在外边，外宾在里边，碍着他们什么啦！"

"走不走？——你知不知道毛主席的外交路线？"说着说着人就逼过来了。

"……咱这就走。您瞧，咱这不在走吗？毛主席的外交路线老汉我懂一点，您啦！您那个外交路线咱可一点也不懂……"话没说完，老汉我就拔腿呼啸而去。

老汉我斗胆认为，"四人帮"垮台后，咱们做主人翁的人体面多了。不过还得大家动脑子，让主人翁活得更体面一些，不能光让旅游的外宾体面，日子好过；所以老汉我就特别挂牵新琉璃厂的朋友们为改进工作的辛苦，"身在苦外不知苦"，了解他们都是文化的性情中人，好些事不身历其境，看不到他们处理事情的繁碎。

所以我斗胆大叫两声口号：

"新琉璃厂就是好！就是好！"

至于吴氏韶·祖光与老汉我之间理论上的分歧，使老汉我想起明朝嘉靖年的童谣来了：

"前头好个镜，后头好个秤，镜也不曾磨，秤也不曾定。"

明摆着的道理嘛！自我检查的镜子，评议别人的秤；哥儿们义气，一下都用不着了。

日本军国主义是老汉我终生老师论

　　老汉我这一辈子可算倒霉透了。打生下来到七十岁那些年，就没过过什么安静日子。西洋人、东洋人、自己人，来来回回折腾。咱们做老百姓的夹在当中，早晚街上论不定是谁的兵马站岗。怪不得大革文化命的时候，不正经的年轻人开老汉我的玩笑，给取了个诨名叫"程疯子"。"程疯子"是谁？原先老汉我不知道。后来有人告诉我那是舒舍予先生《龙须沟》剧本里的人物。他有句著名的话，大意是"明天该挂谁的旗，请先打个招呼！"希冀能努力顺应潮流的心情，真还有点儿像老汉我。总算没有上那些乱取诨名的小子的当。不过，"程疯子"这人没出息，软软懦懦，远不如老汉我之天马行空架步。人跟人总不一样，对"程疯子"未能达到老汉我之修养高度也就无须苛求了。

　　"四人帮"垮台之后，老汉我之境况大有变化，诸儿孙各做各的事，各毕各的业。靠他们大伙儿每月的捐献，加上自己的退休金，老汉我跟孩子他妈过的日子，简直跟门口贴着 "白酒黄酒都毋论，公鸡母鸡只要肥"对联的土地爷夫妇一样，什么都不发愁了。

　　说到土地爷夫妇过的日子，其实也并不都是一碗水端平。另一副描写他夫妇俩过春节期间受到别人冷落的对联，不免令人同情：

"咦！谁在放炮？"

"喔！他们过年！"

现在这副对联，最适合张贴的场所，莫过于"四人帮"坐牢的牢房了。不杀他们，让他们活着难过难过，这主意还真不错。

老汉我之日子也的确好过。那，瞧吧！彩电、录音机、收音机、洗衣机、缝纫机、电冰箱、电炒锅、电饭锅，这些系列产品摆在厅中、房中、厨房中，简直像进口电器展览会。只是一样，把我家老婆子惯得什么似的，变成五千年以来天下第一懒婆娘。口、鼻、眼、嘴、手、脚全都刁了。家藏泡菜坛、洗衣瓦盆、洗衣板、菜锅……诸般重要文物，全部成套设备卖给了收破烂的。大热天，翘起她那改良小脚，歪起半边嘴巴对隔壁张二婶说：

"……不称心！哪儿能称心呢？没货呀！添一样东西多费事儿呀！赶明儿让老头子再去看看，有没有甩干设备。瞧这手，光拧衣服就花了我二十分钟……"

话没说完，从炕上猛地一蹦，顺手从冰箱里取出一瓶"可口可乐"喝了起来。一边喝一边问："二婶，您不喝一口？这玩意儿喝不惯不成，得练着点儿，别让外国人瞧着笑话……"

就在咱老两口泡在电气化蜜罐罐当中之时，从日本国传来了"进入"二字。

老汉我最大的要害就是记性不好。低头不忘抬头忘。日本军阀从"廿一条""九一八""七七"事变，整整玩儿了老汉我一辈子。被人玩儿了一辈子还记性不好，可是个很要不得的事。日本有人想把近半个世纪的历史叫做"进

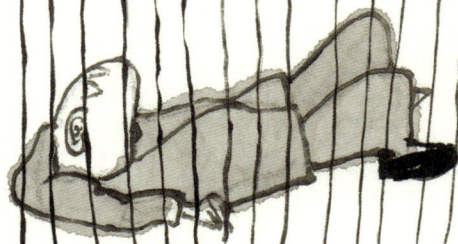

日本军国主义是老汉戒
终生老师论

入"，意义文雅而又不痛不痒，连地球都翻了个个儿的大事，用"进入"两字轻轻松松地写进他们对下一代的教科书中去了。你瞧，他们学问大不大？

这种事，对老汉我来说，是有益万分的。老汉我从年少起就不爱读书。人或发问，您那点文化底子是从哪儿来的呢？说实话，不是自学成材，纯粹是老汉我平时不耻下问、善于偷师的结果。

老汉我打从《马关条约》以来，国家逢有响动，就抓住学习机会不放。直到"九一八""七七""八一三"……成为"饱学院士"还不罢休。老汉我早就一心认准日本军国主义是老汉我之循循善诱的义务老师。幸好有这么一位老师，到了八十来岁一大把年纪的时候，记性不好都不打紧，隔一年半年，老师他就会主动换着花样来提醒你要善于思考和学习。老汉我和老婆子这几年搞家庭电气化搞得心里开花，头脑发昏，动不动就是日本出产的这个那个。成天打听新产品新玩意儿，且准备向录像机、摄像机进军。忽然一声"进入"，仿佛当年东洋兵进村的军号声又吹响了，将老汉我从九霄云头一下摔到地上。摇摇脑袋，顿时清醒过来。喔，老师又来上课了！

正经事是正经事，玩意儿是玩意儿。

"进入"二字已经准备先从日本中小学生的头脑中扩散生根。咱们中国之八年抗战，对手就是这"进入"二字。这一仗从四万万人民打起，直到打出了一个新中国。半个世纪的学费可不便宜。

"王道乐土""大东亚共荣圈"，想当年就是跟着"皇军"摇摇摆摆"进入"到中国来的。

老汉我明白了一个道理，这个道理老早就有人说过：

"何谓朝三？狙公赋芧曰：'朝三而暮四'，众狙皆怒。曰：'然则朝四而暮三'，众狙皆悦。名实未亏而喜怒为用，亦因是也。"（《庄子》）

内容没变，只是换了种说法，众猴子就上了当。人之为人，岂不如蜀鄙之猴乎？

世界上人死了发消息，莫过于前好些年赫鲁晓夫死的时候发的消息那么简短、扼要，令人产生一种妙到不能再妙的痛快之感。文曰：

赫鲁晓夫死了。

文思简畅，清丽有致，可称当世特短讣文魁首。

十多年前老汉我下乡落户于河北磁县，村里支书作紧急传达报告，老汉我刚好派在地里看活，不克参加，等到放工的时候，大会已散。路上遇见老姜之第五之七岁儿子五豆，叫住了他：

"五豆！干吗啦？"

"听报告咧！"

"说什么啦！"

"林彪跑他那鸡巴啦！"

八个字概括了一个重大历史事件，也可谓千古绝唱。

天下作报告之人，如人人都像河北磁县老姜之第五子五豆说话那么简短，则台下听报告之听众之成活率定可翻它几番。

"讣"这个字和"赴"字的意思是一样的。"赴"字呢，跟"去"，跟"跑他那鸡巴啦！"也是差不多的。人死了，出个"讣告"，报告大家说，某某人他"走"了。

意思蕴藉而典雅，比长篇大论好多了。

老汉我是个市井的闲人，活着没人注意，死了也没几个人哀悼，想到这里就觉得很不是滋味。张思德，是个普普通通烧炭的革命战士，就有全国的人在"寄托我们的哀思"；老汉我也是个普普通通的革命老百姓，而革命老百姓多如百头牛之毛，如何解决广大革命老百姓互相"寄托我们的哀思"的问题，的确是个问题。

古时候，当高级干部的人死了，就向皇帝老爷个人去"讣"它一下，即《礼记》里头说的"臣死，其子使人至君所告之"。简单得很。那时候没有电讯、电视、飞机、报纸，人死了，想宣传，想吹，场面都不是很容易开展。

现在不同了，谁死了，电讯、电视，当晚全国人就会知道。认不认识死掉的人勿论；就像喂北京鸭一样，把这种新闻硬填进你喉咙里去，不吃也得吃，由不得你。胃口不好反正肚子总是胀的。

但是，电讯、电视、电台，只有那么几家，报纸也只有那么几份。人人死了都上电台、电视，都上报纸，岂不是报纸、电台、电视可以放弃世界大事、国家大事而满登死人消息乎？当然不可。

于此紧要关头，老汉我忽然智慧丛生，想到一个大家痛快，而各界又没有意见的建设性办法，来解决这生死大事的宣传问题。

筹辦兇人報啟事

君不见，人死了之后家属为了发消息上报，费尽了移山心力；为了追悼会上的那篇"悼词"中的几个字的推敲，家属跟领导之间结下了如足球队员跟足球裁判员之间的深仇大恨；为了研究追悼会在哪里举行而僵持不下时，家属和死人团结一致举行"罢葬""罢烧"，让死人在冰箱里一待半年，实行"坚持就是胜利"战术，使大家日子都不好过。

如此不厌其烦地继承死人遗志；一个人倒下去，全家人闹起来；时代越新，闹法越奇，人人都有别人抢不走的死的机会，却老是关心别人之死，置自己之未来之死而不顾，何耶？抒发情感是也。

等因奉此，老汉我决定招股筹办一满足各界有关丧讯要求的报纸，定名为《死人报》。

本报不论身份，不管年龄，只要一死，就可上报。

本报文责全由死者家属自负，各类文章自然自撰。文章长短随意，短至五六字，长至三五十万字，均所欢迎。头版头条花边、辟栏、加印红体字，均可自由挑选，不受限制。一日或包月刊登均可商量。

死者好处不多，本报根据家属要求，有专人负责帮忙搜集他人长处优点纳入之，保证文体流畅自然，不留剽窃痕迹。

本报第二十版为文艺栏，专门刊登各类生前友好悼念诗文绘画作品，诗文不管通与不通，书法绘画只要有胆亮出来，都算名家，犯不上惭愧脸红。

本报辟有专栏，刊登花圈、墓碑、整容、骨灰盒、坟地、租赁、出让、寿衣、纸人纸马、香纸蜡烛诸般供品……各类广告，欢迎洽谈。

以上所有各种文字刊登费用面议。死人是大事，当然不怕花钱供抒发情感所在，痛快淋漓，有如当年的"悲伤墙"在雅典。

从此为死人产生之纠葛不再出现，容本报业务翻上几番之后，当另开电视、广播为各界作更全面之服务。诗曰：

> 发财在我，我必使劲。
> 见了钞票，当然拼命。

听中曾根先生一席话胜读十年书论

日本首相中曾根先生在参议院预算委员会会议上说：

"……日中关系基本上是稳定的，这一点没有改变，虽然由于国情不同，国民的贫富和开明的程度不同，多少出现了一些不协调感或不和谐音……"这是在回答一位社会党议员野田哲先生说这一塌子话的。

同一天的会上对于参拜靖国神社的问题，日本首相中曾根先生说：

"……最想参拜靖国神社的是我。"

好！老汉我这一次可算认准了中曾根先生了。

这几年来，中曾根先生说了很多关于日本要跟中国做好朋友的话，老汉我这人的毛病就是偏听偏信，整盒录音带录的都是"中"先生沉着温和的友好声音。有时买了一件一碰就坏的日本货时，就赶紧打开录音盒带塞进录音机去，听到"中"先生的友好声音，一肚子火气也就烟消云散：人家日本首相都这么友好，一件东西上了当算得什么？扔进阴沟算了！

老汉我一家跟中曾根"中"先生的关系就是这样建立起来的，虽然咱俩从来不认识。

前几年老汉我就知道，"中"先生祖上是做木材生意的，宝号叫做"古文松"。真是无巧不成书，老汉我的祖上也是做木材生意的，招牌叫做"大梅"，请了一位当时的高手画了一幅梅花刻在招牌上。

张作霖大帅皇姑屯遇难的那一列火车上，老汉我祖上一大半木材本钱都在那上头，跟着大帅一起升了天，剩下的那一小半本钱，原是给我上东洋留学的盘缠，恰好碰上个"九一八"，北大营头几炮就给轰得精光。

合家大小连滚带爬地进了北京城，那时老汉我之八爷爷还在，他对老汉我之亲爷爷说："我说大哥呀！咱们木材铺起的名号不对耶！"老汉我之亲爷爷说："咋不对呀？"

八爷说："起的是'大梅'，还画了个倒长着的梅花刻在招牌子上，岂不是个真正的'倒大霉'？"

老汉我之亲爷一听这话，二话不说，只见两眼发直，喉咙冒连珠炮，就没再醒过来。

老汉我从此游手好闲，一心扑在玩乐上，足足闹了半个世纪。北洋军阀、"皇军"、蒋介石对于吃喝玩乐的人总是比较敬重的。不过，心里也不能不佩服人家"皇军"，张大帅炸了，蒋委员长也揍了，连美国的珍珠港、太平洋也闹它个天翻地覆。人家小小的一个四川省大小的国家，说打谁就打谁，要多能耐有多能耐，不能不"口服心服"。

所以听到日本首相"中"先生所云之"贫富和开明程度不同"的话，完全可以从老汉我身上得到一个活标本。老汉我活到八十来岁，要贫有贫，要多不开明有多不开明！完完全全是日本"皇军"一手造成的"试管老儿"，老汉我这个

"试管老儿"经历过一连串稀奇古怪的事，莫不与"中"先生所说的"开明程度"有关，过的日子可真算是十分之"不协调"和"不和谐"。"中"先生论道，当然跟他这几十年的社会经历和"开明"教育程度有关，"中"先生要不时时提起，老汉我区区一个中国老头子有时难免还会忘记，一经提起并存入录音带，就再也不会忘记了。

有什么办法呢？一个五千年文化的民族，不可谓不开明吧！这百十年来自己不争气，加上遇着各方面强盗轮番抢劫烧杀，弄得自己教育自己"开明"的学费都给人搬光了，怎么能不"贫"呢？是不是？"中"先生？

想起三十多年以前长远的当顺民的日子里，哪里有老汉我讲话的份呢？今天能在本论坛上宣讲一番，也算得上老汉我一点福分呢！

听说"中"先生过一段日子就要跟首相这个位置告别了，临走说几句原本不敢说的大胆话这类的事是常有的。老汉我年轻时候常常就干这种事，半夜在人家瓦顶上丢几块狗屎然后拔腿跑掉。十分安全而痛快。何况"中"先生的这一手的社会效益比起丢狗屎可就大得多了。

说到这里，不免令老汉我想起日本民间故事中的那两只一要上东京、一要上大阪的青蛙，毛病出在它们眼睛都长在背顶，难免一站起来就只好朝后看，因而得出一个可笑且不太"开明"的结论了。

这几天老汉我正在思考一个非常严肃的问题，准备写成一篇论文，闹它个"诺贝尔奖金"。题目是：

聽中曾之々一席話勝讀十年書論

根

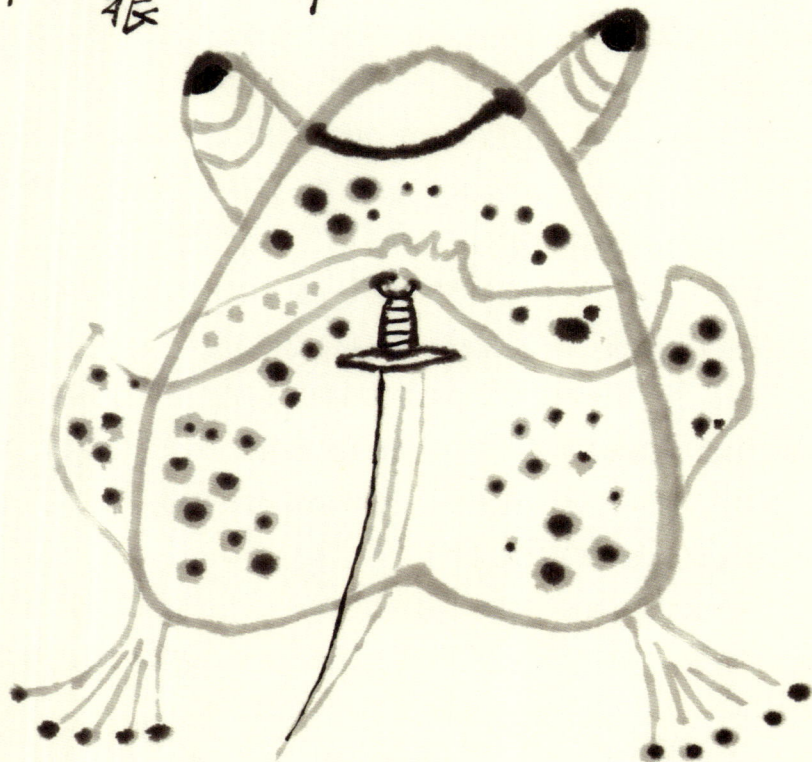

强盗抢人之经济效益大大的，及开明程度狡猾狡猾的成正比论。

论文写成寄出之前，复印一份，不管中曾根先生在哪里公干，都要寄云请他指教，并望提出宝贵意见。

老汉我上过几次历史博物馆，见到两汉出土之泥俑，有不少是外宾模样；又看到敦煌画册里头飞在天上舞蹈的有很多都是女外宾；并且还在展览馆的玻璃柜里见到挖出来的古希腊罗马的金币和银币。所以，老汉我可以一口咬定，咱中国和外宾"轧朋友"自古相承，是个老字号的。

咱中国人从来都是实话实说。比如就咱们中国的"中"字来讲，咱们端坐当中，世界各国则众星拱月；能深知为众国所"拱"，就不是一个浅显的学问，所以说咱们从古以来对外国和外宾最有研究，这是丝毫不用怀疑的。

唐朝时候，唐太宗住在长安城，那时候的长安城有好几万外宾。划了一个区域给他们住，定了一些法规让他们遵守。也为他们办了一些鸡毛蒜皮即所谓"无微不至的关怀"的事。那时候有不少老百姓和高干子弟向外宾借钱，互通有无原是促进友谊的最好手段，不料千多年前的外宾老祖宗却十分认真，时候一到就要还钱，他们哪里知道咱们礼仪之邦重的是交情，伤风败雅的事是不做的，所以就婉言谢绝了他们的请求。这下子事可闹大了，传到唐太宗耳朵里去了。唐太宗这人打仗可能是个内行，搞银钱来往免不了是个生手。他出了一张告示，完全没有必要地命令大家，说是今后凡有向外宾借钱不还的人，一律要如何如何重办。皇帝爷说话可是一句顶一万句的。借钱还钱的事虽然平息了，老百姓之间友谊来往的重大损失高高在上的唐太宗却是没有看到的。老汉我读史至此，不免拍案叹息。

颜师古这个人博学多才，治学严谨，是唐高祖时候的散朝大夫、中书舍人，到了太宗时候拜中书侍郎，进秘书少监，经常给太宗做些学问上的事。他对外宾是深有研究的：

"西域诸戎，其形最异。今之胡人青眼赤须，状类猕猴者，本其种也。"

唐太宗当时如果请教一下颜师古，就一定会少犯或不犯外交上的错误了。

明朝人也有精通外宾的专家学问的。可惜老汉我手边无书，向达先生的一本厚书里有过这么一段介绍意大利人利玛窦的文章，模糊中还能记得几句。

"……利玛窦，西洋欧罗巴国人也。其人睛黄如猫，皙皮虬髯……其国崇奉天主，天主者乃一小儿，一妇人抱之名曰天母……"

利玛窦这个人在中国住了不少日子，如果这老小子活在"文革"期间，准逃不了戴上顶文化特务的帽子，跟他的老乡安东尼奥尼是一路货。只可惜当时写这些文章的某先生太着重他的文化学术，忽略了他的政治背景，以致现在还弄不清他的真实面目。十分可惜。

到了清朝，对洋务问题就清楚明白多了。从一份道光时的奏折上可以看出认真细致的工作态度，文章精彩，老汉我舍不得漏掉一个字：

中國人最懂外賓論

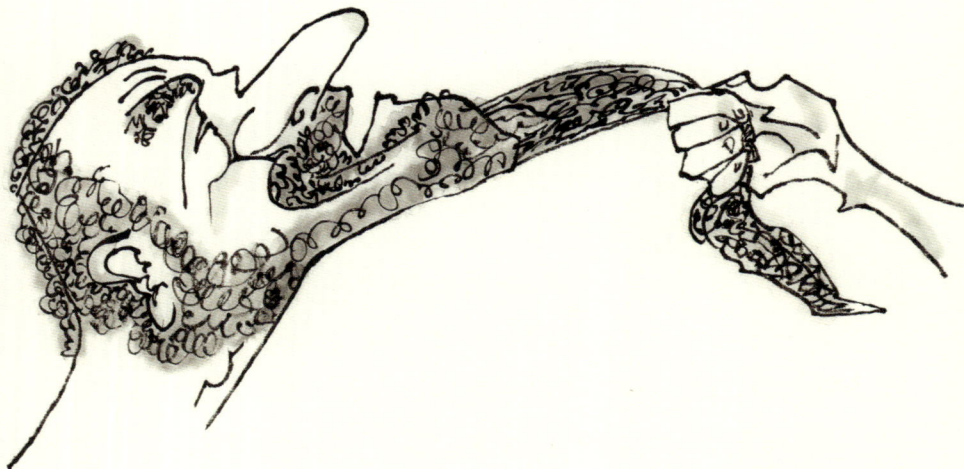

陆建瀛等又奏：

"上海洋泾浜地方，有该夷所建天主堂一所，为群夷聚居之处。中有十字大梁，梁下有一高台，上供十字架及耶稣木偶，每逢礼拜之日，各国夷人俱齐集听经。五月十四日未时，疾雨迅雷，将十字大梁及高台十字架、木偶全行击毁，并其所存火药全行漂失。

"臣等查该夷终日戴天履地，而不知天地之高厚，其所尊礼者，惟此十字架与木偶，甚欲诱我愚民，援入彼教，其居心大不可问。今天威震怒，诛其所尊，洵足褫奸夷之魄而破愚民之惑。此皆我皇上敬天勤民，有以感召，臣等欣幸之余，更深寅畏。"

朱批："知道了。敬感之余，更深惭愧！"

杰克·贝尔丁是个美国记者。五十年代初期老汉我读过他写的一本《中国震撼世界》，其中就说到一次他来华北平原的一个小农村的事，他到村里时已经半夜，围上来一大群老乡来看从未看过的"洋人"，想招待这位远客却不知给他什么吃好。这时来了一位进过城，见过"洋人"的"里手"，他指着这个美国记者的天门盖说："这号人喜欢吃甜东西！"

于是老乡们端来满满一盆煮熟了的鸡蛋，又端来满满一碗白糖。大家瞧着他，看他如何把这两盆东西搞完。

幸亏不缺这种从天而降的外宾"里手"，紧急关头时拉咱们一把。要不然怎么得了？

最近，老汉我有福气瞧过一眼摆给外宾吃的酒筵。体面阔气是不用说了，倒是从此又增长了一些学问。原来外宾筵会，只要将胡萝卜、黄瓜、心里美、熟的鸡蛋这些便宜东西雕成花朵、金鱼、孔雀、凤凰之后，在大花瓷盘子上浅浅地铺上一片，就会乐得所有男女外宾神魂颠倒，忘记了今天是干什么来的。底下吃的什么菜也混混沌沌。十分满意地付了账，连发票也不看地高高兴兴地走了。

办这种"迷魂餐"连蒙汗药都不用下，列位看官你说，要不精通"夷务"，这一手能玩儿得转吗？是不是？

干"洋务"不容易。明朝漂洋过海的水手要唱这样一首歌：

"上怕七洲，下怕昆仑（指的是昆仑洋，不是山）。针迷舵失，人船莫存。"

古时候的人胆小，怪不得他！

论出国如出阁

　　老汉我有一老朋友，因已去世，成为古人，故多年不见，此老朋友一家尽出文豪、烈士、艺术家，连招考之女婿和媳妇一大串都是文化风云人物，可真是难得而又不简单。

　　此系统中有一小单元与老汉我最为熟悉，交往极多。丈夫为书法名家、散文家、美术理论家；夫人是画家，同时又是美术活动家。

　　夫人，即老汉我之老朋友之女也。

　　该女少时就读于北平美专，梳二小辫，脚蹬早地四轮溜冰鞋，自己画室摆好画架，模特儿不画，却到各画室四处流窜，兜揽同学少年熟人，交流画理及外国美术新闻。视年老教授讲师若无物，作青白眼、讲俏皮话，捣蛋、撒泼之极。

　　九一八，八一三，抗战八年以迄如今，半个多世纪来老汉我见其为人之女、为人之女朋友、为人之妻、为人之母、为人之婆；见其为美术之学生、为美术家、为散文家、为美术活动家、为美术界之老前辈。十足半部中国美术大全。

　　另半部美术大全则由其夫君良人填补，合二为一，不能再全。

老汉我曾见国外某些小小政党，丈夫是主席，老婆是副主席，大儿子是秘书长，大儿媳是办公室主任，二儿子是保卫部长，二儿媳是经济部长……一家团聚，甚为生动起眼。但此种全法老汉我细细想来，终不如文化艺术中之美术大全有意思。

　　比如开个全国美术什么会，坐于台下二百人中之女半部美术大全眼见另外男半部美术大全在台上宣讲美术之道时，其心情中之美的享受绝不是小小政党主席或主席夫人有福气体会得到。因男半部美术大全所宣讲之内容具备文化艺术"效应"（老汉我用此二字极是地方）而非政治效应。政治多牵涉柴、米、油、盐、酱、醋、茶，衣、食、住、行，牵涉到广大听众之神经末梢，成为"立体感应"（此四字老汉我学得极到家！），使"大脑皮层"（！）产生"习惯性抑制"（！！），其"兴趣值"等于零（！！！），而艺术效应则不然。艺术效应之不然在于讲人们爱听之风光事情，貌似具体，而扪握不住；如过年孩子所放之"麻雷子"，红红绿绿甚是感人，火药引子一点，轰然一声之后，四大皆空完事。不负任何后果责任也。

　　所以目下颇有些识见之艺术人士在一种可捉可扪之艺术效应上作探险研究。奋不顾身、前仆后继之精神真是可歌可泣。

　　老汉我之此一对朋友，即此一整部美术大全却大不以为然。声言情愿一辈子放"麻雷子"也不愿去进行可捉可扪之探险工作。其气派和壮烈程度有似《石头记》中横剑之尤三姐。真算得是一种艺术上的"愚忠"，接近于"不可救药"分子的边沿矣！

論出國如出閣！

近来听说"女半部"要出国访问了。难道是古语所云"道不行，乘桴浮于海"乎？

去是一定的了。先是德国，然后是美国、法国……看样子仍然是一种放"麻雷子"不讲实效的莽撞行为。

某日，老汉我见"女半部"手捏一绳立于海棠花下，面有戚容，以为她有何想不通的地方，急忙前去劝解。不料她反身淋头骂了过来：

"见鬼！老娘要去捆行李。正愁得没人帮忙咧！你老头发的是什么疯？"

老汉我破涕为笑矣！几十年来见此女从小丫头变成老太婆，也真不易。挨骂好过见死不救，不辜负老汉我做了她半世爷叔。

"出国如出阁，办的是喜事，你面露戚容，何故？"

"手续太烦，路途太远，时间太长，不免烦恼。"

老汉我忽然想到两个女儿出阁的故事：

"女儿出嫁，没完没了地痛哭。四个抬花轿的新手见如此伤心，深受感动，告诉新娘说：我们都是爹娘父母养的，不去就不去吧！

"女儿马上不哭了。"

这是一个。另一个故事是抬花轿的丢了一根轿杠，大家都找不着，只有哭着的新娘一个人看见那根轿杠靠在门后面。

所以她一边哭一边说：

"呜呜！呜！轿，轿，轿杠在门，门后面……"

"女半部"没听完，一边笑一边骂着走了。

老汉我看了半个多世纪的这个背影渐渐远去，凑了副汉字对联送给这对夫妻：

满腔卑愤心事，
一部美术大全。

图书在版编目（CIP）数据

吴世茫论坛 / 黄永玉著绘. -- 北京：作家出版社，
2022.5

ISBN 978-7-5212-1652-3

Ⅰ.①吴… Ⅱ.①黄… Ⅲ.①散文集－中国－当代

Ⅳ.①I267

中国版本图书馆CIP数据核字（2021）第247402号

吴世茫论坛

作　　　者：黄永玉
责任编辑：姬小琴
装帧设计：瞿中华
图片整理：杨　超
责任印制：金志宏
出版发行：作家出版社有限公司
社　　　址：北京农展馆南里 10 号　　　邮　　编：100125
电话传真：86-10-65067186（发行中心及邮购部）
　　　　　　86-10-65004079（总编室）
E-mail: zuojia@zuojia.net.cn
http://www.zuojiachubanshe.com
印　　　刷：北京盛通印刷股份有限公司
成品尺寸：170×185
字　　　数：99 千
印　　　张：6.5
印　　　数：1—10000
版　　　次：2022 年 5 月第 1 版
印　　　次：2022 年 5 月第 1 次印刷
ISBN 978-7-5212-1652-3
定　　　价：68.00 元

ISBN 978-7-5212-1652-3